無言館の坂を下って

信濃デッサン館再開日記

窪島誠一郎

白水社

装幀＝唐仁原教久
装画＝最上さちこ

目次

夏へ（二〇〇六年六月—八月）

二〇〇六年六月三日（土）　点滴の愉しさ

前日、岡山市デジタルミュージアムで「無言館」の移動展覧会がスタート。二日間の展示作業と初日の記念講演とを終えて、名古屋経由の中央本線で夜おそく上田にもどった。二、三日前から何となく風邪気味だったので、いつものように「信濃デッサン館」のすぐ下の和方医院に、ビタミン剤の点滴を打ってもらいにゆく。

二十年来の主治医である和方先生は五十代後半になったかならぬかの、この村きってのイケメン先生だけれど、なぜか注射を打つのが大嫌いで、ちょっとした風邪や発熱なら飲み薬だけですましてしまうという「自然治癒」派のお医者さんだ。とくに私はピリン系薬品にアレルギー反応をおこす特異体質の持ち主なので（三十年ほど前本当に一度死にかかった経験がある）、よけい和方先生は私には注射をすすめず、どんなに体調不良を訴えたときでもせいぜい「点滴」ぐらいしか打ってくれない。

しかし、この日の和方先生はいつになくやさしく
「だいぶお疲れのようだから、いつもより薬の量を多くしておきましょうか」
点滴薬の黄色い袋を二つ、ぶらさげてくれた。
それほど、この日の私の顔は疲れてみえたらしいのだ。

私は、点滴をしてもらっている時間が好きである。

看護師さんに片腕を預け、静脈のういている箇所を消毒薬で拭いてもらい、点滴針をチクリと刺してもらったあと、一、二時間じっとベッドに横たわったまま、透明なビニール袋からポツン、ポツンと薬液が落ちて細い管を通ってゆくのをみているのがヤケに愉しい。

ポツン、ポツンと落ちた液体は、細くて長いビニールの管をツーッと通って私の腕までやってくる。そのポツン、ポツンと落下する液体のリズムが、何とも心地よく、うっかりするとついうつらうつらと眠りかけてしまうほどなのだが、眠ってしまうともう二度と眼を覚ますことができないような、たとえようもなく妖しい幻覚にとらわれる。いってみれば、体内の奥深くにひそかに媚薬でも注入されているような、何ともアンニュイでイケナイ感覚。こういうのが、本当の至福の時とよばれる時間なんじゃないかな、なんて思ったりして。

しかし、それにしても、今日は本当に芯からグッタリ疲れたかんじだ。身体じゅうの知覚が

マヒし、手と足と脳とがバラバラになっているかんじがする。

それもそのはずで、ここ何日間かは持病の乾癬《かんせん》（難治性の皮膚病）が悪化して、ほとんど眠れない日がつづいている。岡山の展覧会の少し前までは、長野県内での講演を連続して三つすませたあと、やはり次の展覧会の打ち合わせで四国の香川、高知へととび回っていたから、六十四歳の身体には相当ハードな日程だったのである。

「だいぶお疲れで」

と、和方先生が点滴薬をサービスしてくれたのも肯《うなず》けるのだ。

私は点滴薬の袋がとうにカラになっているのにも気がつかず、和方医院のベッドで一時間くらいぐっすりと眠ってしまった。

六月四日（日）「無言」の集い

今日は、「無言忌」の日。

「無言館」に戦死した画学生の遺作や遺品を預けてくださっているご遺族が、全国からあつまる日である。開館以来、毎年六月五日（六と五をムゴンにひっかけた日）前後に催している恒例の行事なので、今年は第九回めの「無言忌」ということになる。「無言館」の本館にあたる「信濃デッサン館」のほうでは、毎年二月の第四日曜日に大正期の夭折画家村山槐多をしのぶ

「槐多忌」という集いを催しているので（今年で二十七回を数えた）、「無言忌」はそれに対抗する人気イベント（？）の一つなのである。

「無言忌」には、この館建設の言い出しっぺでもある洋画家の野見山暁治さんも参加される。野見山さんはたしか今年八十六歳になられるはずだが、その飄々として若々しい身ごなしはとてもそんな年齢にはみえない。せいぜい七十歳ちょっとといった感じ。「無言館」に展示されている画学生たちは、みんな野見山さんと同年配の人たちだから、戦地から生還していればまだまだこうして元気で活躍していたかもしれないな、という思いがわく。

一番それを感じているのは当の野見山さんのようで

「何だか、かれらの絵の前に立つと、生きて還ったことが申し訳なく思えてきちゃってねぇ」

時々、そんなふうにつぶやかれる。

そうした感慨は、野見山さんにだけでなく、野見山さんと同じような戦争体験をもつ画家たちには共通するもののようだ。

先年亡くなった創画会所属の日本画家渡辺学さんもそうだった。

「無言館」を建設したとき

「ほんとは僕らがやらなきゃならない仕事をキミがしてくれて、とっても感謝しているんだよ」

渡辺さんは何度もそういって私に頭を下げた。館の建設費用の一部に役立てて、と、販売用の小品を何点も送ってきてくださったのも渡辺さんだった。

千葉県銚子に生まれた渡辺学さんは、郷土の自然や漁師暮らしを描いた骨太な画作で知られる創画会の重鎮だったが、東京美術学校を卒業後、千葉県柏東郡高射砲部隊に入営し、終戦の前年に病弱のために除隊している。

「今生きてりゃ、相当な絵描きになったヤツがずいぶんいるからねぇ、紙一重で生きのこった私たちには、かれらのぶんまでがんばらなきゃならない責任があるんだよ」

あの時代を知る渡辺さんにとって、「無言館」はとても他人ゴトには思えぬ美術館だったのだろう。


しかし、これまでにもあちこちに書いてきたことだけれども、野見山さんや渡辺さんとはふた回りもちがい、戦争体験らしい体験など一つももたぬ当の私には、別の意味での「無言館」に対する複雑な感情がある。早い話、この美術館を建設していらい、「無言館」病とでもいっていいウツ的状態がつづいているのである。

とにかく、「無言館」を建設していらい、何となく居心地が悪いのだ。

これまでの「信濃デッサン館」経営だけだったら、こんな気持ちにはならなかった。絵好きな人間が好きな絵をあつめてつくった私的美術館――それだけの説明でコト足りたのだ。それが、自分の縁故者でも知り合いでもない赤の他人の戦没者の遺作をあつめ、借金までして慰霊の美術館をつくったとなると説明がつかない。開館して十年近くになる今になっても、他人だけではなく、自分自身をも説得できないでいるというのが偽らざる状況なのである。

そんな私の内心を知ってか知らずか、「無言忌」に集う画学生のご遺族の笑顔はたまらなくやさしい。

「ご苦労をおかけしますね。何とぞこれからもヨロシク」

と、くったくなく笑う今年九十二歳になられた片岡博氏。弟の片岡進は、東京美術学校の彫塑科を卒業後、新制作派協会に入選するなど活躍したが、昭和十九年に応召してフィリピンに向う途中バシー海峡で戦死している。享年二十四歳。

「そうそう、私たち遺族はみんな、クボシマさんを頼りにしているんですからねぇ」

横でニコニコとうなずかれるのは、片岡さんより七歳ほど下で八十五歳になられた太田和子さんだ。

和子さんの兄太田章は、やはり東京美術学校日本画科を卒業後、腕ききの友禅職人だった父の跡をつぐべく日本画の勉学に励むが、まもなく満州牡丹江省に出征、行軍中に脚気衝心《かっけしょうしん》にかかり二十三歳で戦病死した。脚気衝心とは、当時の戦死者の大半に冠せられた病名だが、いってみれば苛酷な行軍に加わる極限の食料不足のために死んだ「餓死」のようなものだった。

「弟の絵がここにあるということは、かれがまだここに生きているということなんです」

と片岡博氏。

「私が年に一度ここにくるのは、なつかしい兄の顔をみるためのようなものなんです」

と太田和子さん。

そのたびに、私は眼にみえない何ものかにうちひしがれたように頭を垂れる。

六月十二日（月）　天上からの福音

朝早く上田を出て、横浜へむかう。

何年か前から、ヴァイオリニストの天満敦子さんと「ヴァイオリンと語りの午餐会」という催しを横浜ニューグランドホテルでひらいている。私が小一時間ほど講演したあと、天満さんがやはり一時間ほどのコンサートをしてくれて、そのあとレストランで客人といっしょにランチをたのしむ、といった集いである。こういう催しを最近では「コラボレーション」とよんでいるらしい。

同ホテルは、私が月に一、二度の割合で仕事場にしているホテルなので、そんな縁もあって実現したのがこの企てなのだが、何といっても最大の犠牲者（？）になったのは当の天満敦子さんだろう。何しろ天満さんといえば、現在の日本クラシック界では指折りの人気ソリストで、サントリーホールや紀尾井ホールのリサイタルでは最も切符が手に入りにくいといわれる超売れっ子の一人だ。その天満さんが、大して有名でもない信州の山奥の美術館の主《あるじ》と組んで今流行の「コラボレーション」をやるというのだから、大抵の人は「天満さんって、本当にあの天満さんなの？」なんて疑いの声をあげるのも無理からぬ話なのである。

天満さんと知り合ったのは、かれこれ十年近く前のこと。ＮＨＫラジオの「日曜喫茶室」という番組に招かれたとき、たまたまバック音楽に流れていたのが天満さんの弾く「望郷のバラード」で、この一曲にすっかり魅入られた私が図々しく天満さんに急接近し、その年の二月「信濃デッサン館」でひらかれた第十九回「槐多忌」へのゲスト出演をお願いしたのだった。あのときの「槐多忌」のゲストには、永六輔さんや筑紫哲也さんといった人気者も名をつらねていたので、会場にあてられた村の集会場にはいつもの三倍近い人たちが集まって大騒ぎだった。

そして、その翌年から「信濃デッサン館」の分館にあたる「無言館」で、年一回の定例コンサート「天満敦子イン無言館」が開催されるようになったわけ。

周知のように、天満さんの最大のヒット曲「望郷のバラード」は、二十九歳で夭折したルーマニアの亡命作曲家ポルムベスクの作品。十数年前、ぐうぜん当時の在ルーマニア大使がその「幻の譜面」を入手し、この名曲を弾きこなすのは日本においては天満敦子しかいないと、彼女にそれを託したというエピソードは有名だ。

天満敦子の弾く「望郷のバラード」は、聴く者の心を静かにはげしくゆさぶる。はげしくゆさぶり、はげしく沈静させる。

哀切、孤愁、無常、彷徨……どんな言葉をならべても、天満敦子がつむぐこの曲の調べを言い当てることはできない。

最初にこの曲を聴いたとき、私はもうほとんど泣き出してしまった。

天上から降りおちる福音、とでもいうべきだろうか。

音楽を知っているとか、わかるとか、そんなことはこの曲の前では取るに足らないことだ。実際、私は大の音楽オンチのはず。その私が天満の弓がヴァイオリンを離れたとき、思わずこみあげてくる嗚咽に肩をふるわせたのだ。

（音楽だけに限ったことではないだろうが）本当の音楽表現とは、いや創造表現とはこういうものかもしれないな、と私は思った。

そういえば、「無言館」に飾られている画学生の三分の二くらいは東京美術学校、すなわち現在の上野の東京芸大を卒業した若者たちである。ご存知の通り、東京美術学校の前には道をへだてて、若き日の天満さんが通っていた東京音楽学校の校舎がある。

「考えてみれば、天満敦子さんは東京芸大の出身ですからねえ、私の美術館にある画学生たちは、音楽と美術の違いはあっても、天満さんの先輩の人たちに当るわけです。戦後何十年も経って、天満さんがかれらの絵の前でヴァイオリンを弾くというのも何かの縁かもしれません」

私はこの日、ニューグランドホテルの講演のなかでそんなことを話した。

六月二十五日（日）　母の故郷

千葉県市原市の教育委員会の招きで、同市文化会館へ講演にゆく。

千葉、ときいただけで、生母の里、といった気持ちになる。市原とは少し方向違いだが、私の生母の出身地は海水浴場のある千葉県の横芝町である。

生母といっても、私は生前の母とは二度しか会っていない。戦時中の混乱期に生き別れしていた父水上勉と三十余年ぶりに再会したのが昭和五十二年の夏で、そのスクープ記事をみて二か月後に名のり出てきたのが生母の益子だった。私は当時三十五歳で、髪をふり乱して縋《すが》りつき「誠ちゃんゴメンよ」と泣きくずれる母親の登場にただ当惑するしかなかった。

その母が八十一歳で亡くなって、いつのまにかもう七年になる。

たった二度しか会っていないその生母の、いつもは忘れているはずの「横芝町」という郷里の名が、「千葉」ときいただけですぐうかぶのはなぜなのだろう。

私の出生のことを書いた父親の小説「冬の光景」のなかに、まだ二十何歳かだった父が、私を妊んだ母親の加瀬益子（作中では稲取増子という名になっている）の生家を益子といっしょに訪ね、気のすすまぬまま父親に「娘さんを下さい」と言わされるシーンが出てくる。そのあと、父は益子の父と九十九里浜に釣りに出かけることになるのだが、とちゅうで釣り場から一人脱出し、砂浜にすわって益子の家族が作ってくれた弁当を頬張る。その場面は、何度読んでも思わず吹き出したくなるような、何ともいいがたい迫真力にみちている。

「益子の妹か、母かが、朝早くにつくってくれたその弁当は、いま、九十九里の海が、私の胸にしみるように、舌にもしみ、益子という女と知りあえたことによって、こんな海岸で、こんなめしを喰っている自分が信じられないほどで、幸福に思えて困った。

私という人間は、このようにつまりは、勝手気儘で、気分的だった。海のけしきがおもしろかったり弁当がうまかったりで、女に対する気持ちもいくらかやわらいでくる。そういう自分にいささかの反省もなく、私は、へこんだ胃袋へよそのめしをつめこんでいるのだった」

――ヤレヤレ、わが父親の若い頃の姿とはいえ、何とも情けないありさまである。こんな「男の風上にも置けない」(?)姿を平気で人前にさらすことができるのは、さしずめ「文学」という表現手段以外にありはしないだろう。

こうした卑怯者の血統が、いくらかは自分の身体にもひき継がれているのかと想像すると、何となくふくざつな気持ちになってしまう。

市原の講演会場から千葉駅まで自動車で送ってもらい、総武本線で横芝へ。この列車は銚子に住む日本画家渡辺学先生を訪ねるときによく乗ったが、先生が亡くなってからは利用することが少なくなった。

佐倉、成東、八街……駅に着くたびに少しずつ町が大きくなってゆくような感じがする。いわゆる「新興住宅地」というのはこうしたものかもしれぬ。

夕方近くになって横芝駅に着くと、朝からあやしかった空が崩れて、突然しのつくような小雨に変わった。

以前、まだ生母が生きていた頃一度だけこの町を訪れたことがあったが、たしかあのときも雨だったことを思い出す。

母益子は「雨女」か。

戦時中、益子は東亜問題研究所とかいう民間組織のオルグか何かしていたと父からきいたことがあった。当時としてはなかなかのインテリの、人前に出ても物おじせず、ムツカシイ学者用語を使って演説をするタイプのやり手女性だったという。

だが、私には母がそんなに「強い女」だったとは信じられない。

私の頭のなかでは、加瀬益子は肺病患いの貧乏物書きに惚れ、私という子を妊んだあと必死に父に結婚をせがんだものの、それも果たせず、あっさり子ごと捨てられた哀れな女でしかない。

……結局、横芝駅からタクシーに乗って海岸近くをひと回りし、いぶかしそうな顔をする運転手に「急用を思い出したから」といってまた駅まで送ってもらった。隣町の香取郡多古町にある母の姉（先年亡くなった）の家を思い出したが、雨もだいぶはげしくなってきたし、突然私がその家に顔を出す理由もみつからないのだった。二時間近い長丁場の講演の疲れが、今頃になってひどく身体を重くしているのがわかる。

それにしても、私は何のために、何をしに横芝町へきたのだろう。

私の生母への近づき方は、いつもこんなふうにチグハグなのだ。

母の降らす涙雨は、私が横芝を離れる頃から本降りになった。

七月一日（土）　二つの美術館

午前中に、池永税理士が名古屋から来館。長野市に所用があったので、久しぶりに私の顔をみにきてくれたとのこと。

池永税理士は「無言館」の顧問税理士というか、厳密にいえば「無言館」の、無報酬アドヴァイザーである。「無言館」開館時にあつまった全国からの寄附金に課せられた「所得税」に、親身に相談にのってくれたわが館の大恩人でもある。

池永さんに、その後の「信濃デッサン館」と「無言館」の経営状況を報告、きいているうちに、古武士のような池永さんの顔がだんだん赤みをおびてくる。

「無言館」のほうは相変わらず順調である。開館いらい安定飛行をつづけ、とくに終戦記念日の八月十五日にかけての夏休みには、全国からたくさんの団体客がつめかけてくる。大体この時期には、新聞、テレビなどにかならず「無言館」の名が登場するので、そうした点でも宣伝効果は申し分ないのである。

だが……。

本館の「信濃デッサン館」のほうはあまり芳しくない。

皮肉なことに、「無言館」の生みの親である「信濃デッサン館」の来館者数は、「無言館」が開館した頃から急降下し、このところ青息吐息の状態がつづいている。

理由はよくわからないが、「無言館」にくる年間平均十万余ものお客さんで、すぐ目と鼻の先（直線距離で約五百メートルほど東）にある「信濃デッサン館」に足を運ぶ人はほとんどいない。ほとんどいないどころか、それまで「信濃デッサン館」にきていたお客さんの足までが、すっかり「無言館」のほうに奪われてしまい、大にぎわいの分館にくらべて本館は閑古鳥の啼く日がつづいている体《てい》たらくぶりなのだ。

これじゃまったく、「庇《ひさし》を貸して母屋を取られる」……である。

同じ人間が経営する二つの美術館なのだから、たとえ「信濃デッサン館」が窮状に陥っても、もう一つの「無言館」が繁盛していれば何とかヤリクリがつくのではないか、と考える人は多いだろう。いっぽうの「無言館」で稼いだお金を、いっぽうの「信濃デッサン館」に注げばよいではないか、と。

しかし、事態はそんなに簡単ではない。

そもそも「無言館」の経営は「無言館の会」という、いわゆる免税組織の任意団体になっているので、そこでの収入を「無言館」以外の事業に当てるわけにはゆかないのだ。それに、「無言館」には「無言館」ならではの台所事情がある。建設時に生じた銀行からの借り入れもまだ残っているし、遺族からお預かりするときに約束した画学生の作品、遺品の修復もしなければならない。

加えて、「無言館」には近い将来、どうしても第二展示館を増設しなければならないという積年の宿題もある。開館当初収蔵された戦没画学生の数は三十七名で、遺作数も百点そこそこだったが、その後の調査や、全国から寄せられた多くの情報によって、今や画学生数は百名を突破し、遺作の点数も六百数十点にのぼろうとしている。現在の手狭な館のスペースではとうてい展示しきれない画学生のご遺族たちからは、「私たちが生きているうちにぜひ第二展示館を」という要望が日ましにつよくなっているのである。

それやこれやを考えると、今年開館二十七年めをむかえている本館の「信濃デッサン館」の閉館を真剣に検討せねばならない時期がきているともいえるのだろう。このまま本館の赤字がつづけば、これまで以上に館員数を削減せねばならず、そうすれば私の本館業務にかかわる時間が何倍にもなり、やがては分館「無言館」の経営にも悪影響をおよぼすことは眼にみえている。本館を存続することによって、経営順調な分館までが足をひっぱられ、ひいては第二展示館建設の構想や、今後果たさなければならない画学生の遺作や遺品の修復活動にまで支障を来たしかねないのである。

池永税理士も、どちらかといえば「信濃デッサン館」店じまい案のほうに賛成なようで
「それこそ二兎を追うもの一兎も得ず、ですよ。クボシマさんのお気持ちもわかりますが、

そろそろ本気で決心されたほうがいいと思いますよ」

という。

そのたびに私は

「しかし、何といっても本館は三十年近く苦労してきた美術館ですし、まだまだ全国にもファンがいますから」

なんていって言葉をにごし

「もうひと工夫して、何とかがんばろうと思っているんです」

池永さんにカラ元気な答えを繰り返しているのだった。

それにしても、と考える。

さっきもいったが、たった五百メートルしか離れていない二つの美術館が、なぜこうまで「離れ離れ」なのだろう。

「信濃デッサン館」には、私が若い頃から好きで蒐《あつ》めたいわゆる夭折画家たちの絵がならんでいる。大正期に天才画家と謳われ二十二歳五か月で結核死した村山槐多、同じ大正八年に槐多よりさらに二歳若く二十歳二か月で亡くなった関根正二、戦前アメリカで活躍し新妻とともに十何年ぶりかで帰日、旅先の信州野尻湖畔で脳腫瘍にたおれ三十歳五か月で死んだ日系画家野田英夫、そして戦後まもなく気管支喘息で三十六歳で他界した松本竣介……どの作品も、私にとっては自分の分身といってもいいほど貴重なコレクションである。いや、私にとって、というより、今やこれらの画家の作品は日本の美術史上に不動の足跡をのこした、いわば日本近代洋画の「遺産」とでもいうべき稀少なコレクションなのである。

そして、何より声高にいいたいのは、分館の「無言館」にならぶ当時の画学生たちの、将来の目標であり憧れの対象だったのが、本館にある村山槐多や関根正二だったということ。あの頃、画学生たちは少なからず槐多や正二の絵に影響をうけ、そうした先人に少しでも近づくために日夜デッサンに励んでいたといってもいいのだから。

そんな戦没画学生たちの垂涎《すいぜん》のマトである夭折画家の絵がならぶ「信濃デッサン館」が、「無言館」にお客をとられて経営危機に陥っているというのだから、何ともフに落ちないのである。

この「五百メートル」の距離は、何を意味するのか。

キツネに化されたような気分、とはこのことだろう。

七月二十二日（土）「母親大会」へゆく

長野市内でひらかれる「母親大会」に講演にゆく。「平和と憲法」について話してくれという依頼である。

最近はこうした集いに招かれることが多くなった。ひとえにそれは、戦没画学生の遺作や遺品を展示する「無言館」を建設したからで、以前は講演といってもせいぜい美術大学かアマチュア画家のグループから声がかかるくらいだった。「平和について語ってくれ」なんていう注文をうけることなんてめったになかった。

それが、こうした講演を何回かひきうけるうちに、何となく自分もいっぱしの「平和活動家」になったような気分になってくるのがおそろしい。

最近ではとくに、「憲法九条を守ろう」とか「子供に真の教育を」とかいったテーマでの講演を要求される。イヤ、要求というのは言いすぎで、私だって自分の国の将来や子供たちの未来を案じている人間の一人なのだから、けっして「母親大会」の人々と意見を異にしているわけではないのだが、どうもこうした「大会」がもつ過剰なまでの熱気にはついてゆけないのだ。

たとえば（もちろんすべての団体がそうだというわけではないのだが）、「自由」とか「人権」の尊さを訴えている集会にかぎって、講演者にむかって「こういう内容の話をして下さい」とか「こういうテーマにして下さい」とかいった条件をつけてくるケースが多いのがふしぎだ。主催者から事前にそんなお達しがくると、本当にこの団体は個人の意見や少数派の主張を守ろうとしているのだろうか、などとつい疑ってしまう。

いつだったか、私の知る年配の評論家某氏が
「ああいう集会をみると、戦争中の国防婦人会を思い出してしまいます」
といっていたのもむべなるかななのだ。

ま、それはともかくとして、この日の会場となった××小学校の体育館は一千名をこえるお母さんたちでいっぱいだった。

私といっしょに招かれた「安曇野ちひろ美術館」の館長松本猛氏が、舞台のわきで
「スゴイ迫力ですね」

と私に声をかける。

たしかにスゴイ迫力である。

「子供たちに明るい未来を！」「世界に恒久平和を！」等々、会場のあちこちに貼られた大きなスローガン。会場の入り口には、関係書や各種グッズを売るバザーのコーナーが設けられ、やはりそこでもお母さんたちが忙しく立ち働いている。もちろん子ども連れの若いお母さんも多いから、会場の隅には急造の「託児所」まで設けられている。

松本氏の基調講演がはじまり、その次が私の番だった。

さわがしかった会場がようやく静まり、やがて二人の「対談」に入る。

松本氏が母親であるいわさきちひろさんの芸術と、ちひろさんが活動していた戦争の時代について語り、私は夭折画家の村山槐多や関根正二、そして戦没画学生の作品あつめの苦労話などを語る。松本氏は「ちひろ美術館」だけでなく、何年か前から「長野県信濃美術館」の館長も兼務されていて、話もなかなか上手な人だ。おまけに私よりずっと若い青年館長なので、何となく「対談」の軍配は松本氏のほうに上がっている気がする。

証拠に、松本氏の話のときは、しんとしているのに、私が話しはじめると会場がざわつくのだ。

何だかイヤな感じ。

しかし、捨てる神あれば拾う神あり、だった。

一向に要領を得ない話をして壇上から下りてきたとき

「いいお話でしたよ」

大阪からきたという中年女性に握手をもとめられた。きけば、彼女は熱烈な村山槐多のファンで、一年に一度は「信濃デッサン館」にやってくるのだそうだ。

「私、先生の追っかけなんです」

「……」

「先生はどんな会でも、いつも同《おな》んなじ話をされるから好きなんです」

何だかホメているのか、ケナシているのかわからない言葉だ。

でも、こういう人こそ「ファン」というものなのだろう。

ありがたい、ありがたい。

まもなく始まった松本氏との「著書サイン会」もなかなかの盛況だった。事前に会場に送っておいた五種類ほどの本が次々と売れてゆく。いつものことながら、こうして講演先で自分の本がまとまって売れるのは本当にありがたい。

少々気のすすまない「講演」でも、けっきょくはこうして「講演料が入る」「本が売れる」という媚薬に負けてひきうけてしまう自分がせつないが。

七月二十四日（月）「風景」が変わる

これまでに何度も「信濃デッサン館」を訪れている来館者（いわゆるリピーターの方々）から
「このあたりの風景もずいぶん変わりましたねぇ」
といわれることが多い。
「信濃デッサン館」のある長野県上田市郊外の東西部にひろがる塩田盆地は、ガイド雑誌では「信州の鎌倉」などとよばれている風光明媚な観光スポットだが、ここ数年のうちにかなり景観が変わった。

まず第一に、十年くらい前から宅地開発の波が押し寄せ、いたるところに新しい住宅や工場が建つようになった。美術館の喫茶室から眺める「塩田平」の見事な景観は、これまで貴重な売りの一つだったのだが、緑の田畑と茶色いアゼ道が織りなすのどかな田園地帯だった眼下の風景は、いつのまにかあちこちにツーバイフォーの派手な色の屋根が目立つ新興住宅地と化してしまっている。昔の風景をよく知る方々から、思わず「ずいぶん変わりましたねぇ」という嘆息がもれても当然、といった急速な変貌ぶりなのである。

いつ頃だったろう、喫茶室から見下ろす盆地の片隅に地元ＩＴ企業の大きな本社ビルが突然建設されて、それがヤケに目立って周辺の風景を破壊しているとの悪評がしきりである。

「せっかくここから見る景色を楽しみにしてきたのに、あのビルが建ったおかげで台無しですね」

そう訴える人がいるかと思えば
「ああいうのを規制する法律はないいんでしょうかねぇ。ここの風景はみんなの共有財産のはずでしょうに」

という人もいる。

何だか、そんな苦情をきいていると、自分がそのビルの建築主であるかのような気がしてきて落ちこんでしまう。

もっとも、人のことばかりはいえない。

私がここに「信濃デッサン館」を建設した昭和五十四年六月当時、ここいら一帯はそれこそ一点の汚れもない東信州のひなびた農村地帯だった。館の建つ丘の周辺には、ブドウ棚、リンゴ園、朝鮮ニンジンの栽培小屋などがぽつん、ぽつんと点在し、幅二メートルもない農道を時折小さな農耕車が通るといった文字通りの「日本の田舎」だった。それが、私の美術館が建設された頃からしだいに人家や小商いの店がふえはじめ、やがて道という道がコンクリートで鋪装されて、またたくまに現在の「新興住宅地」へと変貌をとげてしまったのである。

「美術館ができない前はねぇ、ここからみえる山の姿がとっても良かったんだ」

何年か前、村の寄り合いがあったとき、すぐ下の農家に住む顔馴染みの古老からそんな言葉をきいたときにはショックで、

「スミマセン」

私は頭を下げるしかなかった。

そう、近年の「塩田平」の変貌には、私の「信濃デッサン館」も十分に力を貸しているとい

ってもいいのだ。

私は今でも別所線（上田駅から別所温泉まで走る単線電車）の無人駅（塩田町駅）から、徒歩で坂道をのぼってくるとき、しみじみと「自分の美術館がなかった頃」の景色を思い出して懐旧の思いにひたる。

早いはなし、ここに「信濃デッサン館」などなかった頃の風景が懐かしいな、といった感慨にひたるのである。

私の美術館が建つ前までの前山寺の参道のわきには、坂田ナオさんというおばあちゃんが耕していたナス、カボチャ、トマト、キュウリの段々畑があった。その上には池田芳人さんという一徹な巨峰づくり名人のオジサンが育てている見事なブドウ棚がひろがっていた。二十八年前、私は坂田さんに畑をやめてもらい、池田さんにはブドウ棚を半分にしてもらって、お寺の所有であるその二つの土地をお借りし、そこに若い頃からの念願だった夭折画家の絵をあつめた「信濃デッサン館」を開館したのだった。

七月三十一日（月）「匿名」への畏れ

四、五日出張して帰ると、美術館の自室には郵便物の山が築かれている。
帰ったとたん、その山の前にすわって整理に追われる。

これが、なかなかの労力。

まず「私信」と「公共機関からの通知」「ダイレクトメール」「展覧会案内」「見知らぬ人からの手紙」などの仕分けに励む。一番多いのが「見知らぬ人から」。もちろん「見知らぬ」といっても、相手の人は私のことを知っている場合が多いから、一つ一つ封書、葉書に眼を通さぬわけにはゆかぬ。

いつ頃から「匿名」の手紙におびえるようになったのか。

もうずいぶん前のこと、同じ長野県×市消印でめんめんと「信濃デッサン館」「無言館」への批判を綴った手紙がとどいた。しかも、封書のなかに小さなカミソリの刃までが入っている。おどろいた、なんてもんじゃなく、震えあがった。手紙のなかには私の名だけでなく、働いてくれている若い館員の名前も列記されていたので、おそらくわが館の内情にある程度詳しい人物の仕ワザとみていいのだろう。

もちろん、差出人名は書かれていない。いわゆる「匿名」の手紙だ。

迷ったあげく、地元の警察に一応届け出ておいたのだが、結局「犯人」はわからずじまい。とにかく、イヤーな気分だけがのこった。というより、何者かに物陰からじっと見られているような落ち着かぬ気分。

いや、さすがにカミソリが入っていたのはこのときだけだったが、美術館への苦情や不満、意見や提案……これまで寄せられたそうした内容の手紙のほとんどが「匿名」なのだ。なかには偽名とおぼしき「名」のそばに、何々県だとか何々市だとかいった大ざっぱな地域名だけが記されている巧妙（？）な手紙もある。

これではこちらの気持ちを相手に伝えようとしても、そのすべがないではないか。苦情や不満について謝罪したり、あるいは弁解したり、また意見や提案に感謝したり、お礼をいったり、そういうことができないではないか。それともこうした「匿名」の人々は、言うだけ言ったら気分がサッパリして、もうこちら側の言い分なんてききたくないのだろうか。肝心の、自分の意見に対する答えを知りたくないのだろうか。

「無言館」でお世話になっている画家の野見山暁治先生は、差出人名が書かれていない手紙、葉書類は最初から「読まない」のだそうである。寄せられた封書の後ろが白紙の場合は、そのまま封も切らずにゴミ箱にポイ。そんなものは手紙でも何でもない、と画伯は言いきる。

「どんなに自信のない絵にだって、描いたのが自分であれば絵描きはサインを入れることになっている」

いわれてみれば、その通りだ。

あるとき文芸評論家の秋山駿先生の奥さまが

「秋山はほとんど手紙には眼を通さないんですよ。よほどの仕事に関係のある出版社や編集者以外の手紙は、そのままクズ箱へ、ということが多いんです」

といっていたのも思い出す。

「本当に自分に用のある手紙なんか、三分の一もないって秋山は言ってます」

なるほど。

それでなくても「評論家」という仕事の関係上、各所から送られてくる「献本」や「推薦文依頼」の類《たぐい》はさぞ多いことだろう。それらすべてに均等に関わっていたら、肝心の仕事の時間がなくなってしまうにちがいない。「見知らぬ人から」の手紙はそのままゴミ箱へ、という秋山先生の気持ちもわからぬわけではないのだ。

まあ、ペエペエ美術館主の私には、こうした野見山、秋山ご両所のごときキ然とした態度をとる勇気も度量もないのだが、もうそろそろ、あちこちから送られてくる「匿名」氏からの手紙や葉書には、それなりの対策を講じなければ、と考えている昨今ではあるのである。

八月二日（水）「戦争」の季節

昨日から八月、いよいよ「無言館」の季節、いや「戦争」の季節である。

いうまでもなく、先の大戦におけるわが国の終戦（敗戦）日は昭和二十年八月十五日で、この日の「玉音放送」、いわゆる天皇陛下の「終戦宣言」によって日本国民は太平洋戦争（大東亜戦争）の終結を知った。いらい「八月十五日」という日が、わが国の「終戦（敗戦）記念日」を表わす「祝日」になったことはだれでも知っているだろう。

「無言館」の季節、といったのは、とにかくこの「終戦記念日」前後、「無言館」への来館者数が大幅にふえるためだ。全国の学校が夏休みに入ることも大きな理由なのだが、それ以上に「終戦記念日」という祝日（？）がおよぼす「無言館」への影響は大きい。八月に入ったとたん、「無言館」の駐車場は県外ナンバーの車でいっぱいになり、二十名以上の団体客を乗せた大型バスがズラリとならぶ。館の下の坂には「二十名以上の団体は固くお断りします」という大きな看板がたてられているのだが、それを無視した団体バスが土煙りをあげて続々と坂道をのぼってくる。

こうした「無言館」の夏期限定の大繁盛は、何といってもこの時期に集中するテレビ、新聞等のメディアの取材、いわゆる「戦争もの」番組や特集記事によってもたらされているといえるだろう。

論より証拠、毎年この季節がやってくると、地元のテレビ局、新聞社はもちろんのこと、東京の全国ネットのテレビ局や新聞社からの取材がひきもきらない。一日に二つも三つもの取材が重なり、私はちょっとしたタレントさん並みの忙しさに見舞われる。顧問の野見山さんもいっていたが、同じ質問を受けているあいだにだんだん喋り慣れてきて、いつのまにか自分でもびっくりするくらい「饒舌」になってくるのがおそろしい。

それにしても、なぜこうまでマスメディアの取り上げ方は同じなのだろうか。

まず、ほとんどのテレビ局は「無言館」に足をふみ入れたとたん

「画学生たちの無念の思いが伝わってきますね」

そういう。

本当だろうか、とうたがってしまう。そうした「無念」は、たぶんに絵の前に立つこちら側が勝手に抱いている一方的感想、あるいは先入観から生じたものであって、画学生の絵そのものはけっして「無念」だとか「遺恨」だとかを表現しているわけではない。「無念」どころか、なかには「絵を描く歓喜」にみちている作品さえある。

かれらは出征直前まで絵筆を離さず、とことん大好きだった「絵を描くこと」に生命をそそぎこんだ学生たちだった。とにかく、絵が好きで好きでたまらない若者たちだった。ある若者は妻を、恋人を、ある若者は敬愛する父や母を、愛していた兄弟姉妹を、無二の親友を、幼い頃にあそんだ故郷の山河を画布にきざんで戦地に発《た》った。そのどれもが「絵を描ける歓び」、

喜々とした「生きる歓び」にみちていて美しい。

テレビ局が発する言葉には
「このような時代に戦争を伝える美術館は大切ですねぇ」

というのも多い。

これもいささかビミョーだ。

くりかえすが、画学生たちは「戦争」を伝えようと思って絵を描いたわけではないし、そういう意味では、「無言館」は「戦争」の資料館でもなければ記念館でもないのである。かれらはあの非常時に、大好きな絵を描いただけであり、得意の絵筆をふるって愛する妻や恋人を描いていた、いわば折り紙つきのノンポリたちであるともいえるのだ。いいかえれば「無言館」は、そうやって「絵を描くこと」によってあの時代を生きぬいた、一群の美術青年たちの「現実回避の軌跡」を伝える美術館なのである。

もちろん画学生たちの絵をみれば、「戦争さえなければ……」という気持ちにおそわれるのは当然だろう。「戦争さえなければもっと生きていられて、好きな絵を描いていられたのに……」、だれだってそういう気持ちになる。もちろんそれが、「無言館」という美術館が放つ強烈なメッセージの一つであることはたしかだ。

しかし前にもいったように、それは絵をみる我々のがわが抱く「二度と繰り返してはならぬあの不条理な戦争という時代」への憎悪、そしてその時代によって犠牲となった若者たちに対する哀惜や同情からくる強烈な思い入れであって、画学生の絵そのものからうける感想とは別モノである。画学生たちの絵はあくまでもかれらの自己表現の産物であり、そこに描かれた花や人や風景が、見る者にかれらの悲運な人生や理不尽な戦争に対する抗議を伝えているわけではないのだ。

　たしかに「反戦平和」というキャッチコピーは万人の共感を誘う。だれもが「平和」を願い、二度と「戦争」が起きないことを願っているからだ。だれだって、新聞の見出しやテレビの番組名に「反戦平和」という言葉があれば、それに反駁《はんばく》する気分になどなれないだろう。マスコミが八月十五日前後に「戦争の記憶を風化させるな」、「平和を大切にしよう」と呼びかければ、それはとても分かりやすい標語として私たちの心のなかに入ってくる。

だが、人間の自己表現たる「絵」というものはそんなに分かりやすいものではないし、社会の平和や平穏を希求するためにだけあるものでもない。時として、社会正義に反した世界を描出する「絵」もあるし、人間の深部にある醜いエゴや偏狭な美意識から生まれる「絵」だってある。

　明るい色彩の奥にこそ暗い色がひそみ、一見美しくみえる風景のなかにこそ醜いドロドロしたものがひそむ。何気なく見過す日常のなかにドキッとするような美の一瞬があり、人が忌み嫌うような光景の奥にこそ、かえって人間の真実がやどっていたりする。それを炙《あぶ》り出すのが「芸術」の面白味というものだ。しかも、それは画家が意識して表現するものではなく、描かれた作品が結果として、そうした美と醜、光と影、夢と現実、愛と憎悪の相反する世界を鑑賞者に感じさせるのである。

あの「戦争」の悲惨さとむごさとを伝える名作「初年兵哀歌」の作者として知られる版画界の巨匠浜田知明氏が、夕映えの戦場に無惨に転がった妊婦の死体を描いた「初年兵哀歌（風景）」の制作動機について、「その姿がとても美しかったから」と語っていたのは象徴的だった。もしあの作品が、「戦争の残虐性」だけを強調するためのものだったとしたら、あれほどまでに鮮烈に人間の生命の尊厳と、その生命を奪った人間のエゴイズムまでを私たちに伝える「芸術作品」にはならなかったろう。

もっと画学生たちの「絵」を正面から凝視《みつ》めてほしい。

もっと、もっと画学生たちの絵にある「生」の輝きを凝視めてほしい。

毎年、戦争の季節をむかえるたびに、「無言館」館主である私は、空念仏のようにそうつぶやく。

八月九日（水）　アメリカで学んだ画家たち

美術雑誌「一枚の繪」の企画で、脚本家山田太一さんと対談。場所は東京・全日空ホテル。テーマは「アメリカで学んだ日本人画家たち」。

アメリカで学んだ、ときいただけで私は野田英夫を思いうかべる。一九〇八年米国加州サンタクララに移民の子として生まれた画家で、米国名ベンジャミン・ノダ、三歳のとき両親の故郷である熊本に送り返され、十八歳でふたたびアメリカにわたった日系二世の画家だ。こういうアメリカ国籍をもった上で日本の教育をうけ、しかも一生涯アメリカですごした者のことを「帰米二世」とよぶ。アメリカにいれば日本人扱いされ、日本にいればアメリカ人扱いされた、いわば故郷喪失者としての生涯を運命づけられたのがかれらだった。

野田英夫は一九三八年夏、米国ウッドストックで結婚した白人女性のルース・シェイファーとともに何年ぶりかで祖国日本に帰ってくるが、信州野尻湖畔の宿に滞在中、当時の医学では治療が困難だった脳腫瘍という病におそわれて三十歳五か月の若さで亡くなった。

脳腫瘍のために両瞼が筋肉の力をうしなって垂れ下がり、それを絆創膏で吊り上げながら描いたという最後の作品「野尻の花」が、私の「信濃デッサン館」の一番奥の壁に飾ってある。ヒメジオン、サワオグルマ、鬼アザミ……すでに色彩の判別や、線の強弱さえ定かでなかったはずの野田英夫の、いわば生命の最後の炎に照らし出された湖畔の花々。その花たちは死の予感などなく、あたかも野田英夫の新生の始まりを告げるかのようにリズミカルに跳ね踊り、どこか幻想的にはなやいでさえみえる。

アメリカで学んだ画家たちとパリで学んだ画家たちの大きな違いは、パリに渡った人々は「画家として生きるため」の渡仏であり、アメリカに渡った人々は「生活するため」の渡米であった点である。

野田英夫の師でありアメリカ画壇における先駆的日本人画家である国吉康雄も、十六歳で最初にアメリカに渡ったときの動機は「写真技師になるため」であった。和歌山の鯨取りの子にそだった石垣栄太郎も、出かせぎ移民として先に渡米した両親の仕事を手助けするためであり、やはり「貧困から脱出するため」が主な渡米動機であった。国吉の絵に、都会の底辺に生きる貧しい女たちの肖像が多かったのはそのせいだろうし、石垣の絵に何でもない市民風景のなかの労働者の姿が多かったのもそのせいだろう。

野田英夫もまた、出かせぎ移民の両親に連れられて太平洋を渡った画家で、その作品には都会の片隅で生きる黒人の子や、カフェテリアで働く給仕たち、子供を抱く母、労働する父親が数多く描かれている。とくに子供たちの「眼」がいい。あどけなく、澄み切って、それでいてどこか何かを訴えているような光をやどした子どもの「眼」、それは終生自らの故郷を求めつづけ、アメリカと日本をさまよい、自らの居場所を求めつづけた野田英夫自身の「眼」であったようにも思われる。

ところで、この対談の機会をつくってくれた「一枚の繪」の編集者の中村幸代さんが、私が以前から親しくさせていただいている詩人の正津勉さんの奥さんであるとわかってビックリ。現代詩壇きってのデカダン詩人といわれ、大酒呑みでいつも飄々と一人巷《ちまた》をさまようといった孤独なイメージの正津さんに、こんな聡明で美しい奥さんがいたのかと、ちょっぴり嫉妬してしまった。

八月十日（木）「大線香花火大会」

毎夏、この日には私の美術館のある塩田平（塩田盆地）で地元商店街主催の「花火大会」がひらかれるのだが、今年はスポンサーが集まらず中止になってしまった。「花火大会」のあるときには、私の「信濃デッサン館」の前庭に近所の方々が集い、てんでに持ち寄ったバーベキューや焼き鳥やピザを頬ばり、ビールのグラスをかたむけながら、盆地の夜空に打ち上がる豪勢な花火の競演を見物することになっているのだが、当然今年はそれも中止。いやはや、世の中の不景気がこうした一地方の、ささやかな住民の娯しみまで奪っているのかと思うと何だかわびしくなる。

もっとも、私はそれほど「花火」が好きなほうではない。というより、どちらかといえば敬遠しているほうだ。だいたい世の中で「花火」ほど淋しいものはないし、あんな淋しいものをワイワイ酒を呑みながら見物している連中のほうの気がしれないと思っているくらいなのである。

とくに旅先のホテルに泊まったときなど、たまたまそれがその土地の夏祭りの日だったりすると、窓の外に花火が打ち上がることがある。自分にとっては遠い見知らぬ、ほんの一夜泊まりの土地の夜空に打ち上がる花火。その花火が豪勢であればあるほど、何だかたまらなく淋しくなってくる。音をきくだけでも、涙があふれてくる。

人はどうか知らぬが、私はこんなに自分を淋しくさせるのは、「花火」そのものではなくて、「花火」と「花火」のあいだの、あの「闇」のせいではないかと思うことがある。一発の花火が打ち上がったあとの、次の花火が打ち上がるまでの時間に流れるあの沈黙、あの深い深い漆黒の夜空……あの瞬間の「闇」の存在が、いたたまれないほどの淋しさを自分にあたえるのではなかろうか。

少し大げさな言い方になるけれども、夜空に華麗に打ち上がる「花火」が人間の「生」だとしたら、その花火が消滅したときに訪れる「闇」は死の時間であるともいえるだろう。赤、青、黄に彩られた「花火」の美しさは、あるいはそれが死に絶えたときの「闇」の深さによってもたらされるものではないか、とさえ思われるのだ。

私が「花火」を敬遠するのは、どうやら「花火」自体のせいではなくて、そのあとに訪れるあの何ともいえない「闇」のやるせなさのせいなのではないか。

そんな「花火」ギライの私の提案で、今年は急遽、美術館の庭で「大線香花火大会」がひらかれることになった。塩田平の「花火大会」の中止で、館恒例の花火見物大会までが中止されるというのはあまりに残念という声があがって、参加者各人が何本ずつかの線香花火を持ち寄り、ビールを飲みながらそれを楽しもうということになったのである。

私は大きな「花火」は苦手だが、昔から「線香花火」は好きである。

スターマインだとかナイヤガラとかいった打ち上げ花火の豪華さにはおよびもつかないが、あの、ポツンポツンと小さな火玉の落ちる、何とも頼りなげな線香花火の魅力は捨てがたい。ことに、浴衣を着た若い娘さんが白い指先に線香花火をつまみ、膝を折ってしゃがみながらじっとその花火に見とれている姿などはイトよろし。

だいいち、線香花火だと私の大キライな「闇」もそれほど深くはない。

いや、線香花火そのものが「闇」の花のような気がする。

私は断然「線香花火」派だ、ということを再認識する。


八月十五日（火）「千本の絵筆」


昨日から明日にかけての三日間、「無言館」では「千本の絵筆」の祈りがささげられている。この行事は、館にとって「無言忌」とならぶ大切な催しの一つである。

「無言館」の入り口近くに「戦没画学生之霊」という位牌が置かれた供養台が設《しつら》えられ、三々五々来館者はその前に立って頭を垂れ静かに手を合わせる。志半ばで戦地に散った画学生たちの霊よ安かれ、という思いで眼をつぶり合掌する。

夕方になると、「無言館」の周囲に百数十本のロウソクの灯がともされ、上空からみると十字架の形をしているという建物が暗闇のなかにユラユラとうかびあがる。この三日間に限り、「無言館」の開館時間は八時まで延長されるので、この幻想的な光景をみるためにわざわざ日が暮れてから来館する近在の人も多い。昼間の賑わいがウソのような静寂につつまれた夕暮れの丘に、仄淡いオレンジ色の灯にかこまれた「無言館」の姿がうかぶその光景は、たしかに一見の価値アリといってもいいだろう。

私が供養台のそばのベンチにすわっていると

「お近くの方ですか?」

絵を見終わって出てきた男の人が声をかけてきた。もうすっかりあたりは暗くなっているので、私を一般の来館者と勘違いしたらしい。

「ええ、まぁ」

私が夜陰に乗じてアイマイな答えをかえすと
「私は東京からなんですよ。昼間一度来たんですが、夜のこの美術館をみたくて、旅館に家族をのこして一人できたんです」

私より十歳くらい下のその人は、おそらく別所温泉に宿泊している都会からの客人のように思われた。

「この画学生たちは幸せですね。こうやってみんなにみてもらえる絵をのこしたんですから」

客人はいって
「私の祖父もビルマで戦死しているんですが、何ものこして行けなかった。遺骨一本もどらなかったと母が嘆いていましたよ」

そういって、あとは少し黙った。

「なるほど、ここの画学生たちはまだ幸せなほうかもしれませんねぇ」

ヤミのなかでうなずく私。

まれている。
暗闇のなかの見知らぬ人との対話は、何だか「千本の絵筆」の催しにふさわしい沈黙につつ
黙りこむ客人。

供養台に合掌したあと、すぐそばにある慰霊碑「記憶のパレット」の前にしばらく佇《たたず》んでゆく人も多い。

この慰霊碑は、パレット型をした中国産の二十三トンもの黒御影石に、これまで判明した四百余名の戦没画学生の名が刻まれている碑である。

もう知っている人も多いと思うのだが、昨年の六月、この慰霊碑に真っ赤なペンキがかけられるという事件が起きた。朝館員が出勤してみると、パレット型の慰霊碑の約三分の一にあたる部分に、大量の真っ赤なペンキがぶちまけられている。遠くに浅間山や千曲川の流れがながめられる小高い丘の、緑にかこまれた館の庭がとりわけ美しい季節だっただけに、その碑面を覆いつくしたペンキの毒々しさは、まるで碑面から鮮血が吹き出たようだった。

今も、その実行者はわかっていない。

単なるイヤガラセなのか、それとも他に何らかの政治的意図があっての行為なのか。

地元の警察には届け出たのだが、今のところ警察のほうもそれほど熱心に調べてはくれてい

ないようだ。

ペンキがかけられた部分はその後塗装屋さんの手でキレイに拭い去られたし、それほど多額な実害があったわけではないので、警察も今一つ本気で捜査する気になれないのかもしれない。しかも、館主の私は考えたすえに、そのペンキの一部を残すことにしたのだからまったく可愛気がない。「ペンキを全部取り除いてしまったら事件がなかったことになってしまう」なんていうへ理屈をこねて、碑面の一部のペンキをそのままにしておこうというのだから、警察としても何となく本心から被害者に同情できない気持ちでいるのだろう。

ただ、来館者も色々だ。

「例の、ペンキの痕はどこ?」

そう館員に尋ね、石碑の下部にほんの少しのこされたペンキ痕のそばで記念写真を撮ってゆく人もいる。

「ヒドイことをする人がいるもんですねぇ」

口ではそういっているが、ちっともそんな顔をしていない。

それどころか、なかには
「この碑の事件で美術館がまた有名になっちゃいましたねぇ」

まるで、良かったですねぇ、といった顔をしてゆく来館者もある。

たしかに、このペンキ事件はあちこちの新聞やテレビで報じられたので、多少は「無言館」の名も売れたのかもしれないのだが、館主としてはあまり歓迎したくない「宣伝効果」ではあるのだ。

今でも私は、あの真っ赤なペンキをかけられた画学生たちの名を思って胸が苦しくなる。なぜ罪なきかれらの名が、そのような残酷な仕打ちをうけなければならなかったのか。見知らぬ蛮行者の手によって、なぜこんな羞《はずか》しめをうけなければならなかったのか。それは、かれら画学生の罪ではなく、また画学生が描いた絵にむかって行なわれたことでもなく、こうして画学生たちの遺作や遺品をならべるという美術館をつくった、自分という人間に対して行なわれた行為だったのではないのか。

私が石碑の一部に赤ペンキの「痕」をのこしたのは、私自身がそのことにいつまでも苦しみ、いつまでもそのことを忘れないためでもあるのである。

たぶん、八月十五日という日は、これからも私がこの「ペンキ痕」とむかい合う特別な日になるのだろう。

自分がつくった「無言館」に対する、のがれることのできないそんな怯《おび》えと罪悪感を抱き直す日になるのだろう。

八月二十七日（日）　去りゆく人々

須坂市井上の古刹、浄土宗浄運寺の本堂で行なわれる「無明塾」に講師として招かれる。毎年「無明塾」は八月の第四日曜日にひらかれる。浄運寺のご住職小林覚雄さんが地元の人々に少しでも文化の香りを、と二十年前からはじめられた講演会で、講師は私と文芸評論家の秋山駿さん、それについ数年前までは作家の中野孝次さんが加わっていた。というより、もともと中野孝次さんが主役の講演会だったのだが、その中野さんが二年前に亡くなられたために、今では講師が私と秋山さんの二人だけになってしまい、そこに何年か前から特別ゲストとしてヴァイオリニストの天満敦子さんが招かれるようになった。

ことわっておくと、秋山駿さんはご住職の小林覚雄さんとは従兄弟、すなわちお母さん方の親戚にあたられる方で、秋山さんは小さい頃このお寺で遊んだ思い出があるそうである。

本心をいうと、今年の「無明塾」に参加するのは少し気が重かった。気が重かったといっても、浄運寺にくるのがイヤだったわけではない。二十数年前、私は埼玉県本庄市で開催された「浄土宗青年会議」で講演を頼まれた折、たまたまそこに出席されていた小林住職と意気投合、じつはこの浄運寺主催の「無明塾」も住職と二人で相談してはじめた企てだった。まず住職の従兄弟である秋山先生に講師をお願いし、つづいて私もよく存じあげている中野先生にも出講をお願い、その後旧知の天満敦子さんに演奏を頼みに行ったのも二人でだった。そんな「無明塾」発足の片棒をかついだ私なのだから、この会に対する愛着は人一倍深いのである。

だが、今年は気が重かった。

今年の二月二十日、小林住職の奥さんの恵美子さんがガンで亡くなられた。享年五十五歳、若すぎる死だった。

去年までの「無明塾」に、恵美子さんはなくてはならない存在だった。講師の出迎えの手配から茶菓の接待、会場の設営から大掃除までの裏方一切をひきうけられていた。ここまで「無明塾」が継続されてきたのには、もちろん住職の根気と努力に負うところが大きかったろうけれども、それを住職のご母堂といっしょに陰でささえてきた恵美子さんの力がじつに大きいのだった。

その恵美子さんが今はもういない。

クルクルとした愛くるしい眼と、はじけるような若々しい笑顔。

あの恵美子さんがもういない。

葬儀からまだ半年ほどしか経っていない今、のこされた住職の寂寥を思うとやりきれない。

今年の「無明塾」にくるのは本当に気が重かった。

私はこの日、講演の演題を「去りゆく人々」とさせてもらった。もちろん念頭に、半年前に亡くなった小林恵美子さんのことがあった。

しかし、喋っているうちに、次から次へとこの何年かのあいだに自分の周辺から消えていった人々の顔が思いうかびはじめた。

「無明塾」でついこのあいだまでいっしょに講師をつとめていた中野孝次さんの颯爽とした和服姿が思いうかんだ。

中野さんは「無明塾」では、いつも先輩文士の尾崎一雄さんから譲られたという薄茶色の大島の着物を着て登壇された。いかにも頑固一徹、筋の通らぬことが大キライという硬派の文学者にふさわしい、凜としたその姿は満場を魅了していた。

私はとりわけ中野さんにお世話になった者の一人だった。いや、「お世話」などという言い方では表せないような、私の最大の応援者だった。

デビュー作の「父への手紙」の書評を書いてくださったのも中野さんだったし、その後何冊かの本のオビ文をひきうけて下さったのも中野さんだった。中野さんは「人生を闘う顔」という著書の中で、「信濃デッサン館」を建設するまでの私の人生をつぶさに分析し紹介して下さっている。中野さんから贈られた古茂田守介（新制作派協会で活躍し四十二歳で夭折した私の好きな画家）の「カレイ」という油彩画は、中野さんが親しかった安東次男さんから譲ってもらったという絵だそうだが、今も「信濃デッサン館」の別館「槐多庵」のほうで大事に飾らせてもらっている。

その中野孝次さんが、やはりガンにたおれて急逝してからもう二年が経つ。

「無明塾」に中野さんがいないことが信じられない。

諸行無常、という言葉がふっとうかぶ。

元NHKのアナウンサーで、ガンと闘いながら四十九歳で逝った絵門ゆう子さんが、この浄運寺にご住職夫人恵美子さんを見舞われたのはいつ頃だったろう。あれはたしか、恵美子さんの病状がだいぶ悪くなってからの訪問だったから、去年の十一月か十二月頃のことだったと思う。

絵門さんはご自身が末期のガンに冒されながら、最後まで笑顔をうしなわず全国各地に講演でとびあるき、いくつもの本を書き、同じ病で苦しむ人たちを元気づけ勇気をあたえつづけてきた気丈な女性だった。

その絵門さんも、今年の四月初め、まだ四十代の若さでふっとこの世の中から消えてしまった。励ましていた恵美子さんが他界して、そのあとを追うような一か月ちょっとしての死だった。

気丈な、といったけれど取り消そう。絵門さんはそんな肩の張ったところは少しもみせぬ、天使のように温かい、恵美子さんにもよく似た可愛らしい笑顔の持ち主だった。

あの二人の笑顔は、もうもどってこない。

もう二度と、二人に会うことはできない。

私は講演の最後に

「生者は死者に導かれて生きているような気がする。近頃よくそう思うようになった。愛する死者の歩いた道を、生者はその人からあたえられた思い出を抱きしめながら歩くものだと思う。そう思うと、何だか急に死が親しく思われ、死がちっとも怕《こわ》いものではないような気がしてくる」

そんなことをいって壇上から降りた。

秋へ（九月―十一月）

九月二日（土）　描き損ないのデッサン

私は昔、絵を描いていた。

油絵の技法を教えてくれたのは、中学時代の学友（クラスはちがったが）だった小林励一だった。小林の家が私の家と目と鼻の先だったことで、いつのまにか学校の行き帰りに言葉を交わすようになり、休みの日もキャッチボールや相撲に興じたり歌を合唱したり、たまには絵が好きだった小林といっしょに玉川上水の土手に写生にいったりする仲になった。小林の家は両親とも共稼ぎで、私は学校から帰るとだれもいない小林の家にまっすぐ誘われて、夜は帰宅した小林の両親から夕食をご馳走になって帰ってきた。小林の家は金持ちだったので、私は自分の家では食べられないウナギやトンカツをご馳走になれるのでうれしかった。

私が小林に従《つ》いて、新宿区役所で行なわれた裸婦モデルのクロッキー講習会にいったのは中学二年のときだった。小林の母親が新宿のD信用金庫につとめていて、そこにあった絵画同好会の人たちにまじって私たちも参加させてもらったのだった。

区役所の地下ホールだったと思うが、会場いっぱいにつめかけた講習者の前に素ッ裸の若いモデルさんが立っていることに衝撃をうけた。

よこをみると、小林は平気な顔をしてスラスラと画帖に鉛筆を走らせていた。

もうあの頃から、小林には絵の素質があったのかもしれなかった。

高校に入ると、小林は「新象作家協会」というグループに参加して本格的に絵を描きはじめた。「新象作家協会」は、「モダンアート協会」から岐《わか》れた若い抽象画家を中心にしたグループだった。

私も小林の紹介で「新象作家協会」の人たちと親しく交わるようになったが、もともと小林ほど熱心に絵を描く気持ちはもっていなかった。

山下治さん、下田悌三郎さん、熊谷文利さん、シゲマツミホゾウさん、浅井昭さん……今でも、その頃「新象作家協会」で活躍していた何人もの気鋭の画家たちの顔が思いうかぶ（先年山下さんは亡くなられたが、下田さんは現在も画壇の中堅で活躍、浅井さんはついこのあいだまで多摩美大の教授をつとめられていた）。何しろ小林や私はまだ高校生だったから、二人の眼にはそうした会員たちはひどく年をとった人たちにみえたものだ。

私は小林の指導や、山下さん、下田さんの指導で見様見真似で油絵を描くようになり、時々「新象作家協会」で催す近郊のスケッチ会にもつれて行ってもらうようになった。

私はもっぱら風景画が好きで、いつも世田谷明大前の自宅周辺や、遠出をしても甲州街道そばをながれる玉川上水あたりの景色ばかりを描いていた。

どれも、ツマラナい絵ばかりだった。

技術の裏付けもないのに、どこかに上手くみせよう、上手く描こうといった野心だけがあって、けっきょくは自分の描きたい本当の風景が描けないのだった。

そんなことを思い出したのは、今朝、書棚の資料の整理をしていたら、ふいに当時自分が使っていた小さなスケッチ帖が出てきたからだ。他にも、あの頃「新象作家協会」のパーティで撮った画家たちとの記念写真とか、三鷹の山下さんの家に遊びに行ったときの写真とか、D信用金庫の絵画同好会で絵を描いている小林とのツーショットだとか、なつかしい写真が古びた封筒に入ってザクザク出てきたのだ。

何だか、数千年前の洞窟の壁画でも発見した気分だった。

しかし、それにしてもこのスケッチ帖の絵はヒドイ。

一つ覚えている絵があった。

それは、小林と浦和に住む友だち（だれだったか忘れたが）を誘って、三人で荒川土手の風景を描きに行ったときのスケッチだった。

おそらく、今私の手元に唯一のこっている自分の油絵の下絵にあたるものだろう。

たどたどしい、なつかしい「荒川土手」の風景。

遠くから一陣のなつかしい風が吹いてくる。

でも、こりゃヒドい絵だ。

どうみても、描き損ないのデッサンだ。

私はふと、今小林励一はどうしているのかな、と思った。

小林はたしか、芸大を二度すべったあと建築関係の会社に就職して、今ではリフォーム会社の社長になっているという話をきいたことがあるが、息災でいるだろうか。

才能のあった小林が、けっきょくはちがった方面にすすみ、満足な絵一つ描けなかった自分が美術館を運営しているなんてことを考えると、つくづく人生はわからない、と思う。

九月五日（火）　絵を描かない画学生たち

今日は夕刻六時半から、多摩美術大学上野毛校舎で第二学部（夜間部）の学生を相手に講義。

講義と講演は一体どこがどうちがうのか、今もってはっきりとわからないのだが、相手が二十歳前後の若者たち（夜間部なので何人か三十代以上の生徒もふくまれるが）であることだけでも、私にとってはひどく緊張をともなう仕事だ。

年間多いときで四、五回この講義をひきうけるのは、現在多摩美大造形学部教授をつとめられている米倉守氏からの要請にこたえてのこと。米倉氏は私より三つほど先輩の、舌鋒するどい美術批評やユニークな展覧会企画で知られる売れっ子の評論家で、かつ長野県内にある松本市美術館の館長でもある名物教授なのだが、もともと出身はA新聞の学芸部の記者だった。私は記者時代の米倉氏に大いにお世話になった経験があるので、氏のご下命にそむくわけにはゆかない。

昭和五十年代の初め、水商売をたたんで東京渋谷に小さな画廊を出した頃、私がたてつづけにひらいた多少クセのある夭折画家や異端画家の展覧会を、積極的に全国版の学芸欄で取り上げてくれたのが米倉記者だった。また、五十四年六月に念願の「信濃デッサン館」を開館したときにも、氏は特大のスペースをさいてそのことを報じてくれた。大げさでなく、あのときの米倉氏の援護射撃がなければ一介の絵好きなバーテンダーでしかなかった私が、縁ゆかりのない美術界に衝撃デビュー（？）を果たすことなんかできなかったろう。

その米倉氏から

「クボさん、たのむよ」

と頭を下げられ
「学生たちもクボさんの講義はたのしみにしているんだ」
なんておだてられると、もう私はヘナヘナと信州の山から東京上野毛の校舎に下りてくるしかないのである。

それにしても、毎回たまげるのは、大半の学生たちが私の話に出てくるほとんどの画家の名を知らないことだ。

最初のうちは、講義をしながら、今一つ学生たちがのってこないなと思っていたのだが、じつは私が口にする画家や画団、作家や評論家の名を、かれらはほとんど知らないのだということに気づいたときにはビックリした。というより、ガク然とした。

たとえば私が
「戦時中の松本竣介、靉光の仕事が物語るように……」

なんていっても、学生たちは「マツモトシュンスケ」を知らないし「アイミツ」を知らない。

「福沢一郎、瀧口修造らのシュールレアリスムの影響をうけ……」

なんていっても、学生のなかで「フクザワイチロウ」や「タキグチシュウゾウ」を知っている者はごく稀なのだ。

いや、それどころじゃない。

黒田清輝を知らないし、岸田劉生を知らないし、萬鉄五郎を知らない。荻原碌山を知らないし、金山康喜を知らないし、海老原喜之助を知らない。

こうなると、どう講義してよいかわからなくなってしまう。

この日は「生と死の画家たち」というテーマで話をはじめたのだが、この画家の名も知らないのか、この画家もダメかと考えるだけで、途中で講義が停まってしまう。

しかし、学生たちは画家の名をだれも知らないわけではない。

村上隆は知っているし、奈良美智は知っているし、草間彌生は知っている。そして、池田満寿夫は少し知っているし、藤田嗣治はほんのチョッピリ、横尾忠則や荒川修作はどこかで何となく耳にしたことがある……といった感じ。

つまり……そうか、かれらは美術の「現在」には興味があっても、その「現在」の根もとにある美術の「過去」「歴史」にはあまり関心がないようなのだ。

多摩美大第二学部の学生さんの名誉のためにいっておくけれども、この傾向は何も多摩美大だけのことではない。私の知るかぎり、他の美大でも大なり小なり同じような傾向がみられる。

いつだったか、ある私立の美大（あえて名を秘す！）で特別講義をさせてもらったとき、私が「かつて大原孫三郎の手によって開設された大原美術館が果たした役割は大きい……」

と話しはじめたところ、何と百数十名の聴講生のうちで「大原美術館」の存在を知っていたのは僅か二名だった。

そんな具合だから
「僕の美術館にきてくれた人！」

なんていっても、手をあげてくれる学生などまったくない。

夭折画家の絵ばかりならんでいる個性派の美術館「信濃デッサン館」は、たしかに信州の一地方にある目立たない地味な美術館だから、それほど人口に膾炙していないことくらいは承知しているのだが、テレビや新聞でしばしば紹介されている「無言館」のほうにも、ほとんど学生たちが反応を示さなかったのにはガッカリした。

それも道理で、米倉教授にきくと、最近の美大生はあまり美術館や画廊に足を運ばないらしいのだ。もっというなら、絵や彫刻を勉強している学生でも、わざわざ他人の展覧会を見に行ったり、歴史的な名作を見に行ったりする習慣はほとんどないという。たまに見に行っても、同じ美大の仲間同士が貸ギャラリーでひらく個展かグループ展ぐらいだという。

そういえば、いつか野見山暁治さんが
「近頃の学生はまったく絵を見なくなったねぇ。僕らの頃は、あいつはどんな絵を描いたんだろうかとか、あの教師はどんな絵を描くヤツなのかなんてことに興味津々だったけれどねえ」

と嘆息していたのを思い出す。

そう、いつのまにか、美大生たちが「絵を見ない」時代がやってきているといっていいのである。

この現象をどう解釈すべきか。

とにかく私は、この日はふだんの三倍ぐらい大きな声を張りあげて、わが「信濃デッサン館」にならぶ村山槐多や関根正二、松本竣介や靉光の名を連呼して教壇から降りてきた。

もう一つ付け加えておくと、これも多摩美大以外の美大でもごくふつうにみられる風景らしいのだが、昨今の美術大学に通う学生たちのなかで「絵を描いている」のはきわめて少数派なのだそうだ。

もちろん「絵を描く」といっても、その方法は千差万別だし、だいたい現代では「絵」そのものの定義だって人によってマチマチである。映像、デザイン、インスタレーション、漫画、イラスト、パフォーマンス……今や美術大学における専攻課目は多様をきわめている。

そのせいか、ひと昔前まで当り前に見られた「油絵を描く」学生の姿、つまり、画布にむかってデッサンし、油彩絵具を溶き、せっせと絵筆を動かすという、あの懐かしい「油絵を描く」学生の姿がどんどん減ってきているというのだ。

そういえば、校舎内を歩いていても、あの独特のぷんと鼻をつく油彩絵具の匂いだとか、前掛けを絵具で汚したかっての「絵描きスタイル」の若者を見かけることはほとんどない。さすがに「油絵」や「日本画」を学ぶ学生の研究室に入ってゆくと、そこには昔ながらの制作風景もあるのだが、学生全体の割合からみればやはりそれは少数派に属するといえるだろう。授業のある階段教室をのぞいてみても、頬杖をつく者、居眠りをしている者、パソコンやケータイをいじっている者、その風景は一般大学の「経済学部」や「経営学部」のそれとちっとも変わらない。

ヤレヤレ、そんな学生たちにむかって「夭折画家たちが遺した絵について」だとか「絵を描くという行為がもつ意味と役割」だなんてことをしゃべっている私のようなニワカ出張講師は、それこそ「前世紀の遺物」とでもいうべき存在なのかもしれない。

絵を見ようとしない美大生。

絵を描こうとしない美大生。

上野毛の校舎を出てから東京駅に直行、午後十時四分発の長野新幹線の最終にすべりこんだ私の身体は、ワタのように疲れきっていた。

九月九日（土）　わが「中原中也」

前夜おそく、山口県宇部空港に到着。

今日は湯田温泉にある「中原中也記念館」で、「青山二郎、富永太郎のことなど」と題した講演をする日だ。

さて、何をしゃべろうか。昨晩から色々と考えているのだが、もとよりそう簡単に講演の内容がまとまるわけはない。だいたい私は青山二郎や富永太郎の専門家ではないし、ただ単に好きな詩人のひとりである中原中也と交流のあった二人について、きわめてぼんやりとした関心を抱いている者にすぎないのだから。

では、なぜこの講演をひきうけたのか。

やはりそれは、「中原中也記念館」を再訪したかったからだといっていいだろう。もう少し正確にいえば、久しぶりに中原中也に会いにきたかったから、といった心境かもしれない。

半年近く前だったか、村山槐多や中原中也の「絶叫歌人」として有名な福島泰樹さんから、この日「中也記念館」でひらかれる「中原中也大会」で講演をしてもらえないかという依頼があったとき、私は二つ返事で「もちろん喜んで」と答えた。つづけて福島さんが、「今回は青山二郎と富永太郎の展覧会がひらかれているときなので、できれば二人についての講演を」といわれたので、それにも私は「ハイわかりました」と答えた。それもこれも、ひとえに「中原中也記念館」にきたかったからこそである。

私はこれまでに二度、この記念館を訪れたことがある。

一度めは、たしか「信濃デッサン館」の友の会で企画した「山口・鳥取・島根・美術館巡り」の旅行に同行したときのことで、まだ「中也記念館」が開館してまもない頃だった。私たち四十名近い信州からの団体客は、「中也記念館」を堪能したあと長門市三隅町にある「香月泰男美術館」へ移動し、その晩は玉造温泉に一泊して新鮮な海の幸のならぶ夕膳をたらふく味わった。

そして二度めは、戦没画学生のご遺族である佐久間静子さん（夫君の画学生佐久間修は昭和十九年に長崎の航空廠で勤労動員中B29に狙撃されて二十九歳で戦死した）を北九州市小倉のアパートにお訪ねしたあと、ふと思い立って湯田温泉に立ち寄った八年ほど前の春のことだった。すでにその頃病床にあった静子さんから修さんの小さな油絵を二点お預かりし、その風呂敷包みをかかえたまま「中原中也記念館」を訪れた。本来であれば、大事な遺作をお預かりしての寄り道など許されるはずはなかったのだが、私はそのとき静子さんから託されたあまりに重い「任務」に耐えかねて、ひとり中也の記念館にむかったのである。

あの日、私は一日じゅう記念館のなかを行ったり来たりしていた。中也の例の、帽子をかぶった有名な肖像写真の前に佇んだり、処女詩集「山羊の歌」や「三毛猫の主の歌へる」や「サーカス」の草稿に眼を当てたり、あるいは青山二郎の装幀になるいくつもの本を舐めるように凝視《みつ》めたり、湯田の町がとっぷりと日暮れるまでここにいたのだ。一体中也の何が、あの日の自分を抱きとめてくれたのか、疲れた心身を癒してくれたのかはわからない。「本当は私が死んだら修さんの絵もお棺に入れて焼いてほしかったんです。でもあなたがそんなにまで修さんの絵を美術館に飾りたいとおっしゃるのならお預けします。私はきっと、その美術館に伺うことはないでしょうけれど」。私は風呂敷につつまれた二点の絵から間断なくきこえてくる、静子さんの囁《ささや》くようなその声からのがれるように、その日一日、中原中也の記念館のなかを徘徊したのだった。

そう、あの日の私にとって、まさしく「中原中也」は救済の詩人だったというしかないのである。

かんじんの講演のほうだけれども、案の定私は約二百人もの聴衆の前で半分は立ち往生といったありさまだった。

「中原中也」についての思いをふかめたきっかけが、十八年前他界された作家大岡昇平先生との出会いからだったこと。昭和五十四年春に建設した「信濃デッサン館」の東京でのお披露目展として、私が世田谷成城の故・柳田國男邸にオープンした画廊（「緑陰小舎」という画廊名は私が付けた）で「所蔵作品展」をひらいたとき、そこへ近所にお住まいの大岡先生がぶらりと立ち寄って下さったこと。当時角川書店から「富永太郎画集」を刊行する準備をすすめていた大岡先生は、富永に影響をあたえたといわれる村山槐多にも大いに関心をもたれていて（富永の臨終の枕元に「村山槐多画集」があったのだという）、それで私の槐多のコレクションを見にこられたのだということ。そんな縁があって、成城町六丁目の大岡先生のお宅に時々お邪魔するうちに、いつのまにか私が「富永太郎画集」の収載作品を選別するという大仕事をうけもつようになったこと、等々。

そんなことをポツリポツリとしゃべったのだが、話せば話すほど「中原中也」とも「青山二郎」とも「富永太郎」とも距離がはなれてゆくのがせつなかった。受けもちの一時間半、何だか私はなつかしい大岡先生との思い出話ばかりをしていた感じだった。

「青山二郎は中原中也という詩人を舞台に送り出した仕掛け人」

「大岡先生は、青山二郎のような全人的な眼ききが今の時代にいないことを非常に嘆かれていた」

「富永太郎はランボーとヴェルレエヌを中也に教えただけで、もうじゅうぶん同時代の先輩詩人の役割を果たしたのでは」

前の晩にほんのちょっぴり予習してきた「中也」と「太郎」と「二郎」の関係を語って、私はその日の講演をしめくくった。

それはそれとして、今回の山口ゆきでの唯一の〝収穫〟といえば、講演会場となったTホテルの真向かいの飲み屋さんで、「中也記念館」の理事をなさっているという国学院大教授のD氏と出会ったこと。

私があまりの講演の不出来にしょんぼりしてカウンターに坐っていたら、とつぜん隣から「クボシマさんじゃありませんか？」

D教授から声をかけられた。

きけばD教授は、中原中也記念館の理事をつとめられているとのことで、この日もわざわざ私の講演を聴きに東京からやってきたというのだ。

「それは、それは……」

私が恐縮すると

「いやァ、良かった。良かったですよ、クボシマさんのお話……」

D教授はいう。

「これまで中也記念館で開いた講演会は何度か聴いているけど、今日のクボシマさんの話は出色です。いやァ、急ぎの原稿を放ったらかして東京から駈けつけた甲斐がありましたよ」

本当だろうか。D教授の前の銚子がすでに何本もカラになっていて、もうほとんど氏のロレツが回らなくなっているのが気がかりである。

「とにかく中也っていうのは一筋縄じゃいかない詩人ですからね。あなたみたいな人が一番中也の本質を知っているわけですよ」

D教授はいって、しきりと私に盃をすすめる。

「イヤイヤ、恐縮です」

D氏と差しつ差されつしているうちに、私の身体にもしだいにアルコールが回りはじめ、何だかさっきの講演もそれほどの減点ではないような気がしてきた。というより、もう講演は終わってしまったのだから取り返しはつかないではないか、といった開き直った気持ちになってきたのだった。

「ゆあーん、ゆよーん、ゆやゆよん」

「ボーヨー、ボーヨー」

けっきょくその晩、私はD氏と二、三軒ハシゴをして、回らぬ舌で中也の詩に出てくるオノマトペ（擬音語）を連発しながら、十二時を回った頃同じホテルにユラユラゆれながら帰ってきた。

九月十八日（月）「絵」を売ること

午前中に、旧知の東京銀座のオークション会社から「信濃デッサン館」所蔵作品の売り立て打診の電話。

「今のところそうした予定はありません」

といって受話器を置いたが、何とも気が晴れない。

「売り立て」とは、すなわち「絵をオークションにかけること」。

告白すれば、私の「信濃デッサン館」はこれまでに何回か、所蔵している作品を涙をのんで売却して再三の経営危機をのりこえてきた。ふつうの公立美術館や財団法人立の美術館だったら、そんな乱暴な方法で館の運営をささえることは許されないにちがいない。美術館にとって所蔵コレクションを手離すということは、自らの身体の一部を食って生きのびる不条理に等しい。もともと「美術館であること」の必須条件には、展覧会の開催や作品研究、画家の顕彰活動とならんで、秀れた作品を収集し、コレクションを保護し充実させてゆくという大切な責務があるからだ。

だが、私の営む「信濃デッサン館」のようないわゆる個人商店的（?）美術館には、そうした「窮余の一策」が許される。許されるかどうかはわからないが、セにハラはかえられない、とはこのことだろう。館員の給与の支払い、館の光熱費、企画展の費用や作品の修復代のために、わが「信濃デッサン館」はこれまでにも何度かコレクション売却という荒療治を決行してきたのである。

しかし、もう二度と……という思いがある。

「何か目ぼしい売りものがあったら大いに協力しますよ」

オークション会社の若い社員がモミ手声でいうので

「ありがとうございます。ま、今後何か出すときにはこちらからお願いにあがりますから」

私は丁重にそうこたえて電話をきったのだった。

思い出すだけでもツラいのだが、わが館は昨年夏、三十余点にもおよぶ野田英夫の作品を当のオークション会社を通じて売りに出している。

一九三九年三十歳五か月で夭逝した日系画家野田英夫のコレクションは、私が数十回にわたるアメリカ訪問、また野田の両親の郷里熊本や、最後の旅行先である信州野尻湖畔を何度も訪ねて渉猟《しょうりょう》した愛すべき作品群だ。私はそうした自らの「分身」を、積もりに積もった「信濃デッサン館」の負債返済のために売却した。野田英夫の在米時代の傑作といわれるグワッシュ画「スコッチボロ・ボーイズ」、愛くるしい幼な児の兄弟を描いた水彩画「乳母車の子ども」、二ューヨーク郊外の裏街を描いた「キングストン風景」、そして最愛の白人妻ルースをモデルにした「雑誌を読む女」……今はもう手もとにない数々の名品が眼にうかぶ。

しかし、この売り立ては完全に失敗に終わった。当時の経済動向や、美術市場の状勢もあったのだろうが、実際に私が手にした絵の代金は、予定した額の半分にもみたなかった。結果的に、私はわが「信濃デッサン館」のイノチともいえる野田の絵を大量に失っただけで、美術館の窮状を脱するだけのお金を手に入れることはできなかったのである。

思惑通りの結果でなかったから、よけいにそう思うのだろうが、今となっては手離したコレクションが愛おしくてならぬ。

なぜ手離してしまったのか。

売り立てにかわる他の方法はなかったのだろうか。

頭にうかぶのは、そんな後悔、反省ばかりだ。だが、すべてはもうおそい。もう二度と、あの愛する野田の絵たちは私のところへもどらない。「スコッチボロ・ボーイズ」も「雑誌を読む女」も、「キングストン風景」も「乳母車の子ども」も。

今はただ、私にかわってそれを所蔵することになった見知らぬコレクターの方々に、「どうか野田英夫の絵をよろしく」と手を合わせるしかないのである。

さっき「信濃デッサン館」は個人経営の美術館だから所蔵作品を「売り立て」ることができるといったが、欧米の公立美術館のなかには定期的に自ら公開オークションを開催して、手持ちの旧蔵品を売却するところもあるようだ。以前に収蔵（購入）した作品を公開入札でコレクターに買ってもらい、その収入で新たな作品を収集してコレクションの新陳代謝を図ろうというわけである。

だが、わが館が時々決行するコレクション売買とそれとは根本的に質がちがう。わが館の場合は、経済がひっ迫してやむをえずコレクションを手離すのだから、一度作品を失ったら二度と穴埋めなどできない。穴埋めどころか、作品を手離すたびにそれだけ館の内容は脆弱《ぜいじゃく》となり、やがては美術館そのものが消滅してしまう危機にさえさらされる。「美術館を存続させる」ために、知らぬうちに「美術館を消滅させる」方向にすすんでいるわけだから、これほど理クツに合わないことはないのである。

いつだったか、ある親しい画家から

「クボシマさんにとって美術館と絵と、どっちが大事なの？」

というイジワルな質問をされたことがある。

私が少しだまってから、

「やっぱり……絵かな。絵がなけりゃ、美術館もないわけだしね」

とこたえると
「そりゃ、どこかで自分を騙している答えだな、正直な答えになっていない」

画家はわらった。

たしかにそうだった。

今考えてみると、あのときの私の答えには肝心の「自分」の存在がぬけ落ちていたと思う。本当は私はあのとき、自分が愛しているのは「絵」でもなく「美術館」でもなく、「愛する絵をならべた美術館を営みつづける自分」なのだ、とこたえるべきだったのである。


ああ、それにしても金がほしい。

もう少し、余裕がほしい。

ぜいたくはいわない。せめて客足が途絶える十二月から翌年春までの半年間だけでもいいから、館員の給料くらい出る「副収入」はないものだろうか。

私がオークション会社の知人に
「今後何か出すようなものがありましたら連絡します」

といったのは、いつかまたわが美術館は同じ過ちをくりかえすのではないか、という予感があったからに他ならないのである。

十月一日（日）　コスモス咲く

前山寺のふみさん（先々代住職の奥さま）が植えてくれたコスモスが色鮮やかだ。

白、紫、紅、薄ピンクの花びらが、「信濃デッサン館」の前庭でゆれている。コスモスはたしかメキシコ原産のキク科の一年草ときくが、ひょろりと一メートル余ものびた細い茎が特徴である。そのか弱い花々が、そよ吹く秋風にユラリユラリと頭をゆらしているのをみるだけで心が安らぐ。

このところ、ちょっと足を悪くされて外出をひかえられていたふみさんが、久しぶりにひょっこり館にみえてご自分のコスモスと対面し、

「あらあら、私が苗を植えたところとは全然ちがうところで咲いている」

感心した声をあげられた。

ふつうだったら、来年米寿をむかえられるふみさんの思い違い？　と疑るところだけれど、お若い頃と変わらぬ記憶力、今もって頭脳明晰シャンとされているふみさんにそれは当てはまらない。

コスモスの種子は風に運ばれ、鳥に啄《ついば》まれ、あちこちに散らばって花をつける。漢字で「秋桜」と書くこの花には、そんな一所不在のクセがある。だから「信濃デッサン館」の庭に咲い

ているコスモスのなかには、どこから飛んできたのかわからない花もまじっていて、じっさいどれがふみさんのコスモスなのかだってはっきりしないのである。

「あっちへフラフラ、こっちへフラフラ、コスモスはクボシマさんにお似合いの花かもね」とはちょっぴり辛口なふみさんの弁だ。

わが美術館には、ふみさん以外の方々からいただいたコスモスも咲いている。

これは「信濃デッサン館」ではなく「無言館」のほうだが、去年服飾デザイナーの植田いつ子さんから送られてきたコスモスも立派に育った。

植田いつ子さんは人も知る皇后さまの専属デザイナーで、よく隣村（東御市八重原）に住む父水上勉の山荘を訪れた帰りに美術館に立ち寄ってくださっていたのだが、父が亡くなってかからはめっきりその機会がへった。去年の秋、そんな「ご無沙汰見舞」をかねて、東京赤坂の花屋さんから送ってきてくださったのがいくつかのコスモスの苗だった。さっそく「無言館」の庭のベンチのそばに植えさせてもらったところ、今年はもう競い合うように長く細い茎を高々とのばしている。

「そういえば、先生のお宅はお花よりも畑の作物のほうが多かったわね。誠一郎さんの美術館は陽当たりがいいからコスモスがよく似合うと思って」

いつ子さんのいう「先生」とは父水上勉のことだ。

たしかにいわれてみれば、父親の山荘には花は少なかったように思う。

そのかわり父は大の農耕好きで、原稿書きの合間にもよく畑仕事をしていた。大根や白菜、長芋やネギなんかもつくっていたし、食卓に自前のクレソンや青菜を食材にした手料理をならべて客をもてなすのが得意だった。それにくらべると、子の私は人からもらったコスモスをながめてよろこんでいるお義理程度の自然派である。

「本当に誠一郎さんは陽当たりのいいところに美術館を建てたわねぇ。コスモスさんもよろこんでいるわ」

いつ子さんはいつも、私の美術館の陽当たりばかりを誉めてくださる。

コスモスは花の名であるいっぽう、「秩序ある世界」「小宇宙」といった意味をもつことは周知の通り。

ユラリユラリと所在なげにゆれる可憐なコスモスの姿は、ふらつきながら六十坂をのぼる自分の老い姿とも重なる。同時に、貪欲に地の養分を吸いあげ高らかに天をめざす一メートル余のか細い花の、何とさわやかで初々しい志よ、とも思う。

ふみさんやいつ子さんからの贈りものが、何だかやたらと眼にしみるコスモス日和なのである。
　そういえば、つい最近日本美術院時代に村山槐多と親しかった画家柳瀬正夢（本名正六）の弟信明さんから柳瀬の遺句集が送られてきて、そのなかに「コスモス」を詠んだ俳句がいくつかあった。

　コスモスや中部山岳晴れ渡る
　勤労の友へコスモス日日切りぬ
　コスモスに重工場のサイレンす
　コスモスや厠の窓に入る工場

　美術院時代の柳瀬正夢といえば、槐多が一目惚れして追いかけ回していたほどの美少年だったそうで、大正四年に第二回院展に入選した後、プロレタリア・アートの先駆者として活躍し、戦争下の言論弾圧に抵抗して漫画、演劇、挿画などの分野でも活動、昭和二十年に新宿で焼夷弾に直撃されて死んだ悲運の画家であることまでは知っていたが、「柳瀬蓼科」という俳号で俳句を詠んでいたことは知らなかった。柳瀬は昭和十一年頃から満州、中国にも再三旅して現地の風物画を描くいっぽう、よく信州にも旅をして山の絵を描いていたとのこと、とりわけ蓼科が気に入ったので俳号を「蓼科」にしたのだと、遺句集の「あとがき」で信明さんが書いている。

柳瀬のいくぶんプロパガンダ臭のつよい、カリカチュア的な絵は今一つ好きになれないでいるのだが、戦時中軍需工場で働いていた頃の作といわれる一連の「コスモス句」は、平明なかに何とはない人間的な温かみがあって好きである。

十月九日（月）鰻店「若菜館」

美術館の閉館後、館員四名とともに上田駅新幹線ぐちにある鰻の老舗店「若菜館」に繰り出す。

このところ長期間の出張がつづいて館に不在のことが多く、館員たちと満足に話をする時間もなかったので、「今日はオレがおごる」といって男女二名ずつの若い館員を「若菜館」にひっぱり出したのだ。打ち合わせたいこと、話をしておきたいことはヤマほどあるし、最近少々バテ気味の身体を鼓舞するには何といっても大好物の鰻が一番だ。ビタミンAやコリンの補給とともに、とりわけ浮き沈みのはげしかった今年の夏の来館者状況の総括（?）をして、来たるべき厳しい冬期間にむけた美術館の栄養補給をしておくのも悪くはないはず。

が、それは私の気負いというもので、館員はいつも「若菜館」にくると、夢中で眼の前の鰻にかぶりつくばかりで、ほとんど発言をしてくれない。

何をいってもナマ返事ばかり。

何をきいてもフンフン肯くばかり。

……それほど「若菜館」の鰻は旨いのだから仕方ない。

いい忘れたが、「若菜館」はかの「理論社」の創業者であり作家である、今年九十一歳になられる小宮山量平先生の生家である。「理論社」といえば、灰谷健次郎や今江祥智さんら、児童文学の大御所を輩出した知る人ぞ知る名門出版社だが、「若菜館」の階上はそうした小宮山先生があゆまれた出版人・編集者・作家としての足跡を辿るエディター・ミュージアム「小宮山量平の編集室」になっている。そこには小宮山先生がこれまで刊行に携われた児童誌「紅い鳥」や「きりん」などの貴重な資料が常設展示されている他、年に何回か不定期に中央の識者や作家を招いた講演会やレクチャーがひらかれ、たまには小宮山先生ご自身がマイクにむかうこともある。

そういえば、ついこのあいだ出版された小宮山量平先生の新著「悠吾よ！　明日のふるさと人へ」には胸をうたれた。

これは三歳になったばかりの曾孫の悠吾クンにむかって、九十一歳の小宮山先生が「歴史」を語り「人間」を語り「戦争」を語り「平和」を語る熱著だ。

量平じじは、悠吾クンの汚れなきツブラな瞳、いたいけない寝顔にむかってこう独り言つ。

「悠吾よ、歴史は何度も地獄の体験を経ないかぎり進むものではない」

「悠吾よ、真理の第一の物差しは生まれ出ずるおまえの生命にこそある」

「悠吾よ、さぁ深々と深呼吸して歩め」

「悠吾よ、少数派は少数派をつらぬいてこそ強いと知れ」

「悠吾よ、こんなにも深い危機について語るのは、私たち二十世紀人の責任を君たちに分担しようと思ってのことではけっしてない」

その一言一言が、凡そ九十年（一世紀！）の年月をこえて小宮山さんから悠吾クンにむかって発せられる生命の伝言となるのだ。いや、悠吾クンの生命へというより、悠吾クンの生命の背後につながる連綿たる未来の人間にむかって放たれる鮮烈なメッセージとなるのだ。

こういう小宮山先生の「語り継ぐこと」への不屈の闘志、つきることのない「平和」への祈りと「人間」への希望はどこからくるのだろう。

ことによると……それも鰻のビタミンAの効果からだろうか。

まさか、とは思うが、時々「若菜館」のカウンターでパクパク鰻を召し上がっている小宮山先生の健啖《けんたん》ぶりを拝見したりすると、ついそんな気持ちになってしまう。

けっきょく、今日の「若菜館」でのわが館員とのミーティングは今一つ盛り上がらないまま終了。

もちろん相変わらずの「無言館」と「信濃デッサン館」の来館者数の乖離《かいり》、今や中途半端な存在となっている別館「槐多庵」の将来、このところしばらくひらいていない次の企画展をどうするか等々、頭をなやまさねばならない問題が山積しているわが美術館だから、全員のんきに鰻を食べているときではないくらいの認識はある。

認識はあるが……しかし、それにしても「若菜館」の鰻は旨い。

私は絶品の肝焼き、鰻作を肴に生ビールを三杯もお替わりし、

「まぁ、耐えることだよ。耐えてゆけば何とか道はひらけるよ」

何だかわからない言葉を連発したところで、館員たちとの久しぶりの「若菜館」会議はおひらきとなった。

十月十一日（水）　見知らぬ篤志

夕刻、中学時代の級友S君より電話。

S君は「あ、クボシマ？　俺だよ、梅丘中学で同級だったSだよ、S」といかにも慣れ慣れしい。

しかし、当方はどうしても憶《おも》い出せない。

S？　そんな同級生、いたかな。

一瞬、近頃流行の「オレオレ詐欺」「振り込め詐欺」が頭をよぎって受話器を握る手が固くなる。

と、S君は一方的に語り出す。

「新聞みたよ。大変だなァ。前からクボシマの活躍は知っていたけど、とうとう行き詰まっちゃったのかなァって、俺は俺なりに心配しているんだよ」

どうやら三か月ほど前、A新聞の社会面に載った「『信濃デッサン館』経営難」という記事をみて電話をかけてきたらしい。

「他のヤツとも話したんだけど、俺たちにも何か協力できないかと思ってね。ま、もちろん定年すぎた俺らに協力できることなんて限られているけどね。たとえスズメの涙でも同級生仲間で募金でもしようかっていっていっているんだよ」

これはこれは、「振り込め詐欺」どころか、S君は私の「信濃デッサン館」への経済的援助を申し出てきたのである。

しかし、私の口からは

「うん。でも、まだ何とか自力で起き上がるべく対策を講じているんでね。みんなにあんまり心配かけるのはツライし、大体これはボクが勝手に一人で始めた仕事なんだから……」

ちょっぴり素直でない返答がでる。

それに答えてS君、

「うん、新聞みてクボシマの気持ちはよく伝わってきたよ。だから、クボシマの気持ちとはかかわりなく、俺らは俺らの気持ちで何か手助けできればと考えているだけなんだけどね」

思わずグッとくることをいう。

これは、断じて「振り込め詐欺」などではない。純粋な篤志の申し出である。心から「信濃デッサン館」の将来を案じての援助の申し出である。

だが、どうしても憶い出せないのだ。

S君って、だれだろう。


『信濃デッサン館』来館者減少で経営ピンチ」という記事をみて、「何か協力させてもらえないか」と申し出てきてくれたのはS君だけではない。

このところ、そういうありがたい支援者が何人も名乗りでてきている。

たとえば、都内練馬区にお住まいのN・Sさんがそうで、N・Sさんは当年八十五歳になられるアマチュア画家なのだが、弁護士さんを通してわが美術館への多額の寄附を申し出られている。

「私が絵を描きはじめたのは『信濃デッサン館』を訪れて、村山槐多や関根正二の絵を初めてみて感動したのがきっかけ。だから、あなたの美術館が私の第二の人生の産みの親なんです。その恩人の美術館の存続が危ぶまれているときいたら、そりゃ一肌ぬがないわけにはゆかないでしょう」

それがN・Sさんの支援申し出の最大理由なのだが、それだけでアカの他人の営む私設美術館に大金（特に金額を秘す）を寄附する気持ちになるものだろうか。

きくところによると、N・Sさんは何を隠そう、数年前まで某医科大学の学長をつとめられていた名士で、絵の道を本格的に志されたのは学長職を退かれてからとのこと。特別の師をもっているわけではないのだが、しばらく通っていたNHK文化センターの絵画教室でたまたま入ったのが野見山暁治画伯のクラスだったという。野見山画伯といえば、わが「無言館」の建設の第一歩を支えてくれたご恩のある画家で、現在も「無言館」の顧問をつとめてくださっている人だ。そういうことも、N・Sさんの「信濃デッサン館」に対する支援申し出の動機の一つになったのかもしれない。

しかし、それにしても今回の寄附は息をのむような多額のお金なのだ。

事実、N・Sさんの代理人である弁護士さんまでが

「まぁ、当のN・Sさんがそうおっしゃってるわけですから、法律的には何も問題ないわけ

で、この際クボシマさんも遠慮なくお受け取りになっておいたほうがいいんじゃないでしょうか」

なんて、どことなく奥歯にモノがはさまった言い方をしている。

だから、わが美術館からはまだ正式に「寄附をお受けしたい」というお返事はしていないのである。

だいたい、N・Sさんご自身はそれでいいとしても、ご家族の意向はどうなのか、ご子息や娘さんらご家族は、N・Sさんが名も知らぬ信州の小さな美術館にこれほど多額な寄附をすることに賛成されているのだろうか、それがとても気になる。

当館としても、それがはっきりしない以上、そうかんたんにN・Sさんの善意に甘えるわけにはゆかないというのが正直なところなのだ。

さて、中学時代の級友であるS君のほうだが、依然として彼の風貌や人となりを思い出せないままである。

同じ中学の出身で、時々私の本も出してくれている編集者の嶋田晋吾氏に問い合わせてみたところ、S君は梅丘中学時代は級長までやっていたという優等生で、在学中は私ととても仲が良かったという。なのに、私の頭にはさっぱりS君の姿は思いうかんでこないのだからイヤになる。とうとうボケが始まったんだろうか。

……と、そのとき、とつぜん四十数年前のS君の姿が脳裏の底によみがえったのだ！

あ、そうだ、アイツだ！

中学時代に嶋田たちと新聞クラブをつくって、卒業のときにいっしょに「卒業アルバム」の編集をやったSだ！

クリクリ坊主で（あの頃はみんなあんな坊主頭だったが）、丸い眼鏡をかけたちょっぴり神経質そうな幼な顔をしたS君……どうして今まで、あんなに親しかったS君を思い出せなかったのだろう。

そうか、あのS君がわが美術館のピンチを知って、いくばくかの経済的協力をしたいと申し出てきたのか。

ありがたい、ありがたい。

これぞ「持つべきものは友」である。

そうか、S君か、S君だったのか。

私が久しぶりに帰った東京の家でその話をすると、

「へぇ……」

わが妻は感心したような顔をして

「あなたって、ふしぎな人ね。自分は赤い羽根に一度も協力したことがないような人なのに、そんな、忘れていた同級生からまでお金をあつめちゃうんだから」

私の感慨に水をかけるような言葉を口にした。

十月二十日（金）　最後の巨峰

「信濃デッサン館」の裏で「ブドウ園」を営むコウちゃん（本名は池田芳人さんなのだが、なぜか近所ではコウちゃんとよばれている）が、今年も見事な巨峰を美術館にとどけてくれた。気がつくと、もうそろそろ巨峰の季節も終わりである。毎年今頃になると、コウちゃんはかならず「館員のみなさんに」といって、その年の最後の収穫となった巨峰の何房かを両手にかかえて私たちのところへもってきてくれる。

コウちゃんの巨峰は絶品である。粒は大ぶりだし、甘さは濃密、それでいて口じゅうにひろがるスッキリ感が何ともいえない。これまでに各地で穫れるデラウェア、マスカット、ピオーネ等々、色々なブドウを食したことはあるけれども、私はコウちゃんの巨峰ほど美味なブドウを口にしたことはない。それは思わず「日本一！」「これぞ信州の至宝！」なんて叫びたくなってしまうくらい見事な出来栄えなのだ。

そして、今年のコウちゃんの巨峰がとりわけ私たちを感動させるのは、ついに今年かぎりでコウちゃんの「ブドウ園」が閉鎖されるからである。

じつは、コウちゃんの「ブドウ園」は、私の「信濃デッサン館」が開館する数年前からそこで巨峰を栽培している塩田平屈指の老舗ブドウ園なのだが、当年七十歳になったコウちゃんの体力的な衰えとともに、いっしょに働いている奥さんの貞子さんが最近身体をこわした事情なども重なって、とうとう今年の秋の収穫を最後に閉鎖することをコウちゃんが決意したというのである。

「本当にもう、辞めちゃうんですか」

と私がきくと
「ああ、もう身体がいうことをきいてくれんようになったからねぇ」

日焼けした顔を少しさみしげにさせて、コウちゃんはそうこたえる。

しかし、「ブドウ園」を閉じる理由は、コウちゃんご夫婦が高齢になったからだけではないらしい。

コウちゃんにいわせると、コウちゃんが栽培しているブドウ棚そのものにも寿命がきているのだという。前山寺参道わきの約三百坪ほどの敷地に、コウちゃんが丹精して育てた巨峰の樹は百数十本におよぶが、そのどれもが「樹齢三十余年」をこえた古木であり、もはやその樹たちに何百房もの甘味にみちた巨峰を実らせる生命力はないのだという。人間と同じように、ブドウの樹にも生命の終焉というものがあるのだ、とコウちゃんはいうのである。

「何しろ三十年ものあいだ、身体じゅうの栄養分を巨峰に吸いとられて生きてきたわけだからねぇ。ワシら人間と同じように、そろそろブドウの樹らにも休んでもらわんと」

なるほど、それはそうだろうと肯くしかない。

いわれてみれば、コウちゃんの巨峰が、これからも未来永劫、ずっとあの頬っぺたが落ちそうな甘い果汁と、まろやかな果肉の味わいを保ちつづけると考えていた私たちのほうがおかしいのだ。百数十本のブドウの樹々が、毎年毎年機械仕掛けのように、相も変わらず新しい生命を生みつづけてゆくと考えるほうがナンセンスなのだ。

「じゃあ、本当に今年で食べ納めなんですね」

気のせいか、わが美術館の館員が例年よりちょっぴり神妙な顔つきで、コウちゃんの「最後の巨峰」を頬ばっていたのもさもありなん、なのである。

ふりかえると、私はコウちゃんの「ブドウ園」からじつにたくさんのことを学んだと思う。いや、「ブドウ園」から学んだというより、コウちゃん、貞子さんご夫婦のブドウ作りに取り組む、その日々の労働から多くのことを勉強したというべきだろう。

羞かしいことに、私はコウちゃんの「ブドウ園」を知るまで、一房のブドウがこれほどまでに長い時間と労力をかけて育てられるということを知らなかった。毎年七月初めになればブドウの樹には自然に花実が顔を出し、やがて自然に円い実核が房状になりはじめ、秋になると、これまた自然に甘い馥郁《ふくいく》たる果実に成長するものとばかり考えていたのだ。しかし（当然のことだけれど）、そうした果実の成育は、文字通りそれを育む栽培者の不断の労働がなければ果たされないことを、私はコウちゃんご夫婦の昼夜をわかたぬ精励恪勤ぶりから教えられたのである。

まず、コウちゃんの「ブドウ園」の一年は、東信州の山々が雪溶けに入る毎年三月頃からの、ブドウの樹々一本一本に対する消毒作業からはじまる。早朝からエスエスとよばれる小さな殺菌剤の噴霧車がブドウ棚の下に入り、一本一本丹念に樹々の全身に薬剤を吹きつけてゆく。この冬期間の入念な消毒に手をぬくと、途中で害虫にやられて果実をつけない枯れ樹になってしまい、てきめんその年のブドウの収穫量に影響するのだという。

そして、消毒が終わった四月初め頃からは、いよいよ果実の房に均等に甘味をゆきわたらせるための枝の剪定に入る。ムダな枝を取り払い、成長させるべき枝の発育路を保守してやるという重要な作業である。コウちゃん、貞子さんは、首の骨を折るように真うえに捩じむけ、棚を這うブドウの蔓を一本一本点検し、まるで盆栽か植木の葉でも刈るような手つきで慎重に鋏を入れてゆく。

剪定は収穫前の樹にだけではなく、枝に果実が繁ったあとにも施される。それは、一本の樹に繁るブドウの実の量に一定の制限を加えないと、たがいの果肉が競って養分を分けあう状態になって、一房一房の糖度が落ちてしまうからだ。

私がブドウ園にめんした美術館の部屋で原稿書きをしていると、コウちゃんと貞子さんのこんなやりとりがきこえてくる。

「父ちゃん、何もそんなに目の仇のように枝を切ることはないだに」

だにというのは、東信地方独特の方言。

貞子さんには、コウちゃんが長い間丹精して育ててきた巨峰の枝に、容赦なくどんどん鋏を入れてゆくのがたまらなくツライらしいのだ。

するとコウちゃんはコウちゃんで不機嫌そうに

「手加減したら甘味が落ちるだろうが」

ブスッとつぶやく。

私としては、苦労して育てた巨峰の生産高（売上高）を少しでも多くしたいという貞子さんの気持ちもよくわかるし、しかしそのために例年より甘味の少ない巨峰を出荷するわけにはゆかないというコウちゃんの頑固さもよくわかる。

「味の落ちたモン作るくらいやったら、やめたほうがいいだに」

そういうコウちゃんに

「でも、そういうても暮らしてゆかねばならんしな」

あきらめきれない貞子さん。

そんなご夫婦の、決まって巨峰の収穫期が近づくときこえてくる夫婦喧嘩が、もう「ブドウ園」の閉鎖によってきくことができなくなるのかと思うと、それが何よりさみしいのである。

折も折とて、何となくコウちゃんの「ブドウ園」の閉鎖と「信濃デッサン館」の行く末を重ね合わせてしまう。

自分の仕事にも剪定せねばならない枝があるのではなかろうか。

何度もいうように、今年開館二十八年めをむかえた「信濃デッサン館」はここ数年平均一万数千という来館者数の低迷に苦しんでいる。反対に十年前に開館した分館の戦没画学生慰霊美術館「無言館」のほうはきわめて順調、毎年平均十万人前後もの来館者をむかえる好成績をのこしている。これからも、このいびつな二つの美術館を経営していくべきなのか、それともそろそろ「信濃デッサン館」のほうには剪定の鋏を入れなければならない時期がきているのではないのか。

いつか経済誌のなかで紹介されていたサンク・コスト（埋没原価）という言葉が思いうかぶ。

たとえば六千億円をかけてトンネルを掘る開発事業が行なわれていたとする。ところが、このトンネルが五千九百億円かけてあと数百メートルで貫通するというときに、飛行機がとぶことになりトンネル自体が不要になってしまった。さてそんな場合、トンネル掘りを続行すべきか否か、たいていのリーダーは頭を悩ますことだろう。

「せっかくここまで掘ったのだから、最後までやりとげなければもったいない。ここでやめてしまったら、これまでかけた五千九百億円がムダになってしまうし、この事業に流した汗や労苦が水泡に帰してしまう。とにかくここまできた以上、残りの数百メートルを掘ってトンネルを完通させるのがわれわれの仕事ではないか」

そう思うリーダーもあろうし

「いや、これ以上掘っても必要のないトンネルなら、たとえあと数百メートルで完通するとわかっていても、ここで工事を中止するべきだ。ここで中止しなかったら、さらに百億円もの余計な費用を使わねばならないのだから」

と考えるリーダーもあるだろう。

たしかに計算上からすれば、後者の「工事中止案」を選択すべきであることはだれにでもわかる。ムリをして工事を遂行したって、余計なお金と時間を使うばかりだし、だいいち完成されたトンネルは不要なものなのだ。そんなムダな労力を使うなら、もっと将来に役立つ仕事にそれを投じるべきなのはだれの眼にもわかるのだ。

つまり、登山する人々が雪山での遭難をふせぐために、よく「悪天候のときには引き返す勇気をもて」というけれども、それと同じ理クツなのである。

しかし、しかしどうしても私には、「信濃デッサン館」を剪定する気持ちになれない……。

今まで掘りつづけてきた「信濃デッサン館」というトンネル工事を中止する気持ちになれない……。

何とか剪定せずにすむものなら、そうしたい。

そんな心境で食べるコウちゃんの「最後の巨峰」は、今までより何倍も豊醇な糖度の果汁を口内にほとばしらせる。いつもより一段と濃い、微妙なホロ苦さをひめた甘い果汁が口じゅうにひろがる。コウちゃんが三十数年にわたって丹精して育ててきたブドウの、脈うつような「生命」の甘さがツンと身体に沁みわたる。

サヨナラ、コウちゃんの巨峰。


十一月三日（金）「保存」と「展示」

午前中から、ずっと「無言館」裏にある収蔵庫「時の庫《くら》」に工藤正明君が籠りっぱなしである。

工藤君は「工藤額装工房」の主人、といってもどこにでもある並の「額縁《がくぶち》屋さん」とはちょっと訳がちがう。信州弁でいうならとくべつズクのある（根性のある）額縁職人といったところか。屋号の「額装工房」には工藤君一流の、工藤君ならではの哲学がこめられている。工藤君はその絵にもっとも適した意匠、材質の額縁を制作する職人でありプロデューサーであると同時に、その絵の修復、保護の責任をも担う「絵画保存家」でもあるのだ。少し大仰にいうなら、工藤君の「絵を額縁におさめる」という仕事は、「額縁によって絵の生命を永遠に守りぬく」という仕事なのである。

今日「文化の日」は、わが二つの美術館のコレクションの保存のアドヴァイザーをつとめてくれている工藤君の定例の「作品点検」の日である。

「工藤額装工房」は、上田市の隣の東御市のひなびた山里の一画にある。

工藤君はもともと埼玉県浦和市（現さいたま市）に仕事場をもつ額縁職人さんだったのだが、私の美術館での仕事量がふえたこともあって、十数年前にご家族（何とお子さんが五人！）ともども現在地に引っ越してきてくれた。当時はあたりいちめん空き地や畑ばかりだった信州の片田舎に、突然ちょっぴりオシャレな「額縁屋さん」が出現したときには、近所のお百姓さんが「ありゃいったい何を売る店だい」と眼を丸くしたそうだ。まぁいってみれば、工藤君はそれまでの都会での職人生活を投げうって、わが「信濃デッサン館」の心強いコレクションの主治医になってくれたわけなのである。

この主治医が私の前に初めて登場したのは、昭和五十四年六月末に「信濃デッサン館」が建設されてまもなくの頃だった。「信濃デッサン館」の開館を新聞で知った工藤君が、突然私のもとにこんな手紙を送ってよこした。

「貴館のオープンを心からお祝い申し上げます。村山槐多や関根正二は、僕も好きな画家なので、いつか貴館を訪れるのがたのしみです。それでなくとも稀少なかれらの作品の、しかもデッサンを中心に蒐められた館長さんのスピリットにも感激しました。しかし、デッサンという微妙な作品の性格上、貴館にはその作品を将来にわたって大切に保存してゆく義務と責任が生じたともいえます。そのことに、館長さんがどれだけ神経を使っておられるか、実は一美術ファンとしてもそれが一番心配なのです。もしそうした作品の保護に、多少なりとも関心をもたれているのであれば、ぜひその仕事の一端を僕に手伝わせて下さい。すばらしい美術館が誕生しただけに、そこにおさめられている村山槐多や関根正二の作品をいつまでも瑞々しい状態に保ちたい、額椽職人の端くれとして、ただただそれを願うばかりなのです」

私はこの手紙に頭をガツンとやられてしまった。ガツンというか、ドシンというか、バチンというか、ふいに見知らぬ青年に胸グラをつかまれて激しくゆさぶられたかんじだった。

正直いって、私はそのときまであまり真剣に「コレクションの保護」のことなど考えてこなかったのである。

どちらかといえば「自分で蒐めたコレクションは自分のもの」であって、「煮て食おうと焼いて食おうと自分の勝手」と思っていたのだ。いやいくら何でもそんなに無責任ではなかったけれども、心のどこかに「たとえ作品が破損してもそれは自分だけが覚悟すればいいこと」という意識があったことはたしかだった。画家の絵は画家の手を離れた以上、それに見合う対価（場合によっては見返りの別作品）を支払ったコレクターの所有物になるのは当り前であり、所有物である以上それをどうするかはコレクターの一存、という驕りに近い気分があったのである。

しかし、私の「驕り」は工藤君の手紙によっていっぺんに砕かれてしまった。

たしかに「工藤額装工房」主人のいう通りなのだ。

作品を個人的にコレクションするだけならともかく、いったんそれを「美術館」の収蔵品として来館者に提示する以上、そこには作品をできるだけ傷めず、最良のコンディションに置いて劣化をふせぐという責任が生じる。「美術館」には良質な芸術作品を展示するだけではない、その作品を次代に良質な状態のまま送りとどけるという義務があるのだ。そして、そうやって自らのコレクションの健康を気遣う努力は、けっきょくは自らのコレクションのクオリティ（品質）を高める努力でもあるということを忘れてはならない。自分が愛する作品の傷み（画面の退色、喪線、亀裂、剝落、破損等々）を最小限に食いとめ、将来にわたってそうした傷みができるだけ進行しにくい保存環境（たとえば温度、湿度の安定化など）に置いておくということは、自分が愛し美しく育てた娘を理想的な嫁ぎ先に送り出す親のつとめと同じなのである。工藤君はそういうのだ。

私は何だか百万人の味方を得たような気がした。

いや、作品保護の「師」を得たような気がした。

私は今まで、ひそかにこういうパートナーをもとめていたのではなかろうか。

手紙にあるごとく、「信濃デッサン館」のコレクションの中枢を成すのは大正期の夭折画家村山槐多、関根正二、それに戦前戦後に活躍した松本竣介、野田英夫、靉光といった、きわめて現存する作品の寡《すく》ない画家たちである。早いはなし、一度失ってしまったら二度と手にすることのできない稀少な文化財的作品である。それはもはや、私という一個人の持ち物であるというより、私という人間が「預かった」、もしくは私に「預けられた」作品であるといってもいいだろう。

であるならば、私はかれらの作品を収蔵し展示するばかりでなく、かれらの作品の保護、保全にも全力をそそぐべきなのだ。

そうだ、この「信濃デッサン館」の開館を心から祝ってくれて、同時にそこに収蔵される槐多や正二のデッサンの将来を心から案じているこの工藤正明という未知の額椽職人に、いっそわが美術館の収蔵品の保存管理をまかせてみたらどうだろうか。

と、まぁ、これがわが「信濃デッサン館」「無言館」に工藤正明君が作品保存アドヴァイザーとしてつとめてくれるきっかけになったわけなのである。

それにしても……今日の工藤君の「時の庫」での作業はいつもの何倍も念入りである。昼食時の十二時になっても、なかなか収蔵庫から出てこない。

たぶん今月末から開催される香川県丸亀市の猪熊弦一郎現代美術館での「無言館」巡回展に出品される作品の、最終点検に熱が入っているのだろう。戦没画学生の遺作は、いずれも戦後六十余年をへて収蔵された傷みのはげしい作品ばかりである。いかに相手先から熱心に出品要請されても、工藤君からＯＫが出ないかぎり遺作を出品するわけにはゆかない。作品の破損状況によっては、運送中にさらに状態が悪化することも考えられるし、出品にあたって最小限の応急手当てをせねばならぬ作品もあるからである。

いつか工藤君がいっていたが、もともと展示することと保存することとは矛盾する行為なのだという。

「僕たち作品を守る側の者からいわせれば、少しでも傷んでいる作品は一つも外に出したくないというのが本音なんです。だから、できるだけ多くの人に作品を見せたいと考えている美術館の人や、画家の思いとはいつも対立してしまうんです。因果な仕事ですよ」

なるほど、それはその通りだろう。

保存と展示、それは美術館に携わる人間にあたえられた永遠の課題かもしれない。

ことによると、それは永久に相容れないものなのかもしれない。

しかし……それとはべつに、工藤君のその熱心な仕事ぶりをみていると、一つだけ気になって仕方のないことがある。

それは、「工藤額装工房」がどうやって生計を立てているのかということ。

何しろ昨今の美術館業界は未曾有の不況の只中にある。公立私立を問わず、各地の美術館は来館者減少にあえぎ、満足な作品収集や展覧会企画ができずにいるのが現状だ。そんな状況下で、工藤君が志すような作品の「保存」や「修復」に十全な予算を回すことはほとんど不可能であるといってもよい。いや「保存」や「修復」とまではゆかなくても、今や気前よく「工藤額装工房」にぽんぽんと額椽を注文する美術館やギャラリーだってそんなに多くあるとは思えない。

実際、わが美術館が工藤君に支払う「アドヴァイザー料」だってほんのチョッピリ、それこそスズメの涙ほどなのだ。

初めて会ったとき、工藤君は二十代半ばぐらいだったと思うから、今はもう五十近くになっているはずである。

大きなお世話かもしれないが、いったい、工藤正明君はどうやって生活しているのだろう。「工藤額装工房」の台所はどうなっているのだろう。どうやって、五人の子どもさんを育てているのだろう。

あんまり収蔵庫に籠りっぱなしになっているので、ことによると首でも吊っているんじゃないかとさっきから心配しているのだ。

十一月五日（日）　あんた、ミーハーね

東京目白の学習院大学へ講演にゆく。

この日は学習院大学の文化祭の日で、私を講師に招いてくれたのは同大学の弁論部。大学の弁論部といえば、多くの政治家や評論家を輩出する日本の「弁舌」の訓練所といっていいところだ。そこから講師として招かれたことに、何とはなし心をみたすひそかな満足感がある、なんちゃって。

大学の校門前まで迎えの弁論部員の若者が出ていて

「遠いところ、どうもありがとうございます」

ぺこんと頭を下げる。

そして、私を講演会場まで案内しながら
「今日は、どうも聴講者の集まりがわるくて……先生には失礼なことになってしまうかもしれません」

そういう。

「いやぁ、聴講者が少ないのには慣れていますから安心してください。どんなに少人数でも一生懸命しゃべりますから」

私はわらって答える。

そんな経験は、今まで何回もしてきている。

だいたい芸能人でもなければタレントでもない私のような講師の場合、主催者の客あつめは大変だ。開催日の何か月も前からポスターを貼ったり、チラシを配ったり、地元の新聞に広告を出したり、それはそれは涙ぐましい努力が要る。その結果、会場の客席の半分も埋まらなかったり、関係者をふくめても二、三十人しか集まらなかったりするケースだってザラなのだ。まして今回は大学生のサークルが招いてくれたわけだから、かれらの年齢層への私の名の周知度からいって、とても「満員御礼」など期待できないことは承知しているのである。

だから私は、

「いくら少なくったっておどろきませんよ。少なければ少ないほど僕は闘志がわくんです」

学習院弁論部の若者にそういったのだ。

しかし……私の当日の講演会の聴講者が、予定の半分以下になるかもしれないという理由をきいておどろいた。

何と、その日の同じ時間に同じ構内で「田中康夫講演会」がひらかれるというのである。どういう巡り合わせか、学習院の政治研究会の招きでわが長野県の前知事である田中氏が、私のしゃべる会場のすぐ隣のホール（こっちのほうが大きい）で講演するというのだ。

あんな当代人気随一の論客、超有名人の前知事に隣でしゃべられたら、とても私に勝ち目なんかあるはずはない。

やれやれ、何てツイテいないんだろう。

何という貧乏クジなのだろう。

「まさか政研のやつらがあんなビッグな講師を招くとは思っていなかったんですよ。完全に僕たち弁論部の油断です」

私は前をゆく若者の頭をどついてやりたくなった。

私は田中康夫氏とは旧知の仲である。旧知の仲どころか、肝胆相照らす仲、といったほうがいいかもしれない。

　これまで四十余年間も保守政治の天下にあった長野県に彗星のごとく登場し、田中氏が二期六年にわたって「改革知事」の名をほしいままにしたことは多くの人が知るところだろう。残念ながらついこのあいだの選挙に破れて三選はならなかったが、田中氏が今もってたくさんの支持者（とくに若者たちの）をもつ「時代のリーダー」の一人であることに変わりはない。

　その田中氏と、一介の私設美術館主である私が親しいというと意外にきこえるかもしれないのだが、実は私は知事時代の田中氏の要請をうけて、氏が県政から退いた現在もまだ「長野県人事委員」という要職（?）にある身なのである。「人事委員」などというと、一般の人には何をやっている委員なのかわからないと思うけれども、いってみれば「県職員の採用や降昇格を承認するお目付役」のようなもので、何と私は、二年前に当時の田中知事から熱心にくどかれて、そんな大それた県政人事の一端を担う委員をまかされているのである。

　ある日とつぜん、ひょっこりと美術館にやってきた田中氏から
「クボシマさん、県の人事委員をひきうけてもらえませんか」

といわれたときにはビックリした。

「人事委員って何ですか?」

「まぁ、優秀な人材に県の仕事をやってもらうための審査官のようなものですよ」

「へぇ……」

きくところによると、現在の県庁内には今までの保守王国が生んだ悪しき弊害がのこっていて、何百億円もの負債をかかえた県の赤字財政に対する緊張感や、これからの地方自治の自立に取り組む意欲が著しく欠けているのだという。かくなる上は、いわば民間の第三者機関である「人事委員会」に新しい視点と創造力をもった新委員に加わってもらい、少しでもヤル気のある、瑞々しい発想と感性をもった県職員を育てて県民の期待にこたえる県政を実現してゆきたい。そこでぜひ、クボシマさんがこれまで「美術館」経営で培ってきた力をお借りしたいのだが、どうだろうか。田中氏は例の特徴ある大きなクリクリ眼玉を動かしながら、そういうのだ。


さぁて、どうするか。

私は三日三晩、考えた。

「長野県人事委員」サマになるべきか、否か。

もともより私はこれまで、そうした「公務」とか「県政」とかいった匂いのする場所に一度も足を踏み入れたことがない。だいたい（一度だけ何かの用事で行ったことがあるが）、あの重苦しいふんいきの県庁という建物に、自分が月何回か通わなければならないのかと思うと、それだけでゾッとする。

それに……私にそんな大任が果たせるだろうか。

田中氏は「美術館経営で培った力を」なんておだててくれたが、もともと私には「経営者」としての能力なんぞ一つもない。ただただ絵が好きで、やみくもに銀行から借金をして建てた美術館を、今も借金をふやしながらあえぎあえぎつづけているという、いわば落第経営者なのだ。こんな男に、ヤル気のある職員を採用したり有望な人材を発掘したりする役目が果たせるだろうか。

だが、けっきょく私はさんざん考えたすえに、田中氏が美術館に私を訪ねてきてくれた四日後、県庁の知事秘書室に
「先般の件、おひきうけさせていただきます」

という電話を入れたのだ。

ひきうけた理由はたった一つだったといってよい。

この田中康夫というふしぎな魅力をもつ人間の「長野県」づくりを、自分も手伝ってみたいなと思ったのである。

とにかく、田中知事がそれまでの硬直化した長野県政に対して放った「改革」のツブテは目ざましかった。

「脱ダム宣言」然り。

「木製ガードレール案」然り。

「ガラス張り知事室」然り。

「議会の質疑のスピード化」然り。

「全国一の情報開示」然り。

そうした新知事が立てつづけに放つ「改革案」は、二百余万県民に「信州の明日」を期待させるにじゅうぶんな斬新さと説得力にみちたものだった。

正直いって、私もまた東信濃の片すみからそんな新知事の活躍にヤンヤの喝采をおくっていた一人なのである。

その田中知事が、何とこの私に「人事委員になってくれ」と懇願してきたのだ。

これは名誉なことだ。

こんな要請を断わる筋合いはどこにもありはしない。

そうだ、ひきうけるべきなのだ。

私だって上田に移り住んで三十年近くになるれっきとした長野県在住者だ（何年も前から住民税も払っている）。新知事がめざす「新しい長野県政」の実現に、およばずながら一肌ぬぐのが男というものではないか。

もっとも、そのことを東京の妻に報告すると

「案外、あんたもミーハーね」

例によって伴侶の反応はあんまり芳しくなかったが。

それより何より、気になるのは学習院大におけるこの日の私の講演会の来場者数だが、弁論部員の若者が心配した通り、二百席ある会場の三分の一くらいしか埋まらないさんざんの結果だった。

講演が終わったあと私が
「田中さんのほうはどうだった？」

ときくと、若者はちょっぴりいいにくそうに
「満員札ドメだったそうです」

そういった。

チクショウ。あの、落選知事めが！

私は真向かいの田中氏の講演会場に顔を出して、ひとこと挨拶ぐらいしていこうかと思ったが、それをやめてまっすぐ目白駅から東京駅にむかい、好きなシューマイ弁当とウーロン茶を買って信州ゆきに乗りこんだ。

十一月二十日（月）　万事休すか

和方医院で点滴をうってもらって帰ってくると、池永税理士から速達の封書がとどいていた。池永税理士はわが館がもっとも頼りにしている「税の相談役」だが、速達を寄越すのはめずらしい。

何だかイヤな予感がしたが、やっぱり予感通りの内容だった。

「先日お送りいただいた『信濃デッサン館』の収支報告を拝見、何とも厳しい状況と判断します。せめて順風な『無言館』を守るためにも、そろそろ本気で閉館を決意されてはいかがでしょう。苦衷はお察ししますが、ここはぜひ美術館経営者としての英断を期待するものです」

概ねそんなことが書かれてあって、池永事務所で作成した何枚かの計算書が添えられている。私はそれには眼を通さず、池永税理士の手紙だけをもって自室の椅子にボンヤリと腰を下ろした。

どうせ「計算書」をみたって事態に変わりはない。そこにはこのあいだ池永さんに送った「信濃デッサン館」の収支報告書や銀行借入れ表をもとにつくられた本年度の「赤字額」が記されているだけだろう。病院でいうなら、息をひきとる一歩手前の重篤患者の、いつ途絶えてもふしぎはない心電図の針をみるようなものなのだ。

ヤレヤレ、もはや万事休す、年貢の納めどきということなんだろうか。

池永税理士に指摘されるまでもなく、今年度の「信濃デッサン館」の来館者数の落ちこみはひどく、それにくらべて、お隣の「無言館」は大盛況、というのだから皮肉な話だ。「無言館」の収入は、免税組織「無言館の会」のものなので、本館の「信濃デッサン館」で使うわけにはゆかないというのは、今まで耳にタコができるほどのべた通り。

ああ、何という矛盾、何という不条理、何というアンビヴァレント！

これも何度もいっていることだが、今や全国的に注目をあびている戦没画学生慰霊美術館「無言館」は、もとはといえば「信濃デッサン館」が生んだ美術館である。二十七年前に「信濃デッサン館」がこの地に建設されたからこそ、十年前に「無言館」もここに建てられたのだ。いってみれば「信濃デッサン館」と「無言館」は一心同体の美術館であり、一つの生命を二つの身体で分かち合った双生児のような関係なのだ。

ああ、それなのにそれなのに、相変わらず「無言館」には来館者が殺到し、僅か五百メートルしか離れていない「信濃デッサン館」では閑古鳥が啼いているという皮肉な現象がつづいている。テレビ局も新聞社も「無言館」には押し寄せるが、めったに「信濃デッサン館」にはやってこない。「無言館」の来館者のなかには、すぐ近くに「信濃デッサン館」があることさえ知らないまま帰ってしまう人もいるという。

これじゃあ、雲の上の村山槐多や関根正二が浮かばれない。松本竣介や野田英夫が浮かばれない。

いや、このまま閉館しちゃったら「信濃デッサン館」が浮かばれない。

決心して（何を決心したのか自分でもわからなかったが）、池永税理士の事務所に電話をかけてみたが、なぜか応答がない。心のどこかで、応答がないことを期待しているような変な電話である。

一度受話器を置いて、それからまたかけてみたけれども、その日にかぎって早く業務を終えたのか、やっぱり応答がない。

私は何だか、半分ホッとしたような気持ちで受話器を置くと、「信濃デッサン館」の裏にそびえる独鈷山《とっこさん》の頂きをうつろな眼でみやった。ラクダのコブのような異形の山稜が、紅葉で編んだセーターを着込んだみたいにふんわりと連なっている。

今年の紅葉は、今が真っ盛りのようだ。

そうか、今日は十一月二十日か。

そのときに初めて気づいたのだが、今日は自分の六十五歳の誕生日である。

十一月二十二日（水）「元凶」の師

丸亀市の猪熊弦一郎現代美術館で「無言館」巡回展を開催中だ。

明日は野見山暁治さんの記念講演会。私は当日の夕刻どうしても大阪に所用があって、野見山さんの講演をきくことができないので、私のほうがひと足先に丸亀に入り、この日美術館側の主催でひらかれる野見山さんの歓迎会に出席することになった。

「やぁ」

宴席にすわって、到着した私に軽く手をあげた野見山さんは相変わらず若い。とても大正九年生まれの八十六歳なんかにみえない。秘書の山口千里さん（彼女も絵描きさん）の話だと、丸亀にくる前日は故郷の福岡で講演をしてきたという。名文家でもある野見山さんにはエッセイの依頼も多く、もちろん本業の絵のほうも来年まで展覧会の予定がギッシリ、というから、現在の画壇ではもっとも忙しい「長老」じゃないかと思う。

「どうだい、無言館は？」

「ええ、まぁ何とか」

私たちのあいさつはいつも「無言館」の近況報告からはじまる。

私の「無言館」の建設が、復員画家野見山暁治との出会いをきっかけにしていることはもはや多くの人が知るところだ。野見山さんがいなければ、私は「無言館」をつくらなかったろう。

すべては今から十数年前、野見山さんがポツリともらされた「戦死した仲間の絵がこの世から消えてゆくのがさみしくてねえ」という、そのひと言からはじまったといっていいのである。そのひと言に私が胸うたれ、野見山さんを誘って全国の戦没画学生の遺族を訪ねる遺作収集の旅に出たのである。

ということは、今私がかかえている「無言館」の諸問題、私がこれから果たしてゆかなければならない数々の重い宿題も、野見山さんとの出会いからあたえられたものといっていいのかもしれない。

つまり、わが人生の「元凶」（？）は野見山さんにあるのである。

今回は聴くことができないのだが、野見山さんの講演はバツグンにうまい。うまいというか、じつに当意即妙、人の心を自然にひきこむふしぎな魅力をもった講演だ。しかも野見山さんの講演は、戦前、戦中、戦後をオンタイムで生きた画家の、豊富な体験に裏打ちされた話なので、きいているほうからは「虚」と「真実」の見分けがなかなかつかないのである。

パリでの藤田嗣治との出会い、高田博厚や駒井哲郎や金山康喜や宇佐見英治との交遊、あるいは義兄である作家の田中小実昌、九十すぎまで生きた愛する父、死に別れた二人の妻とのほのぼのとした、どこかに一抹の哀切をひめた思い出話……。

きっとそうした話のなかには、野見山さんが勝手に挿入した「虚」の味付けがあるにちがいないのだが、それを見破れる人はまずいない。いない、というより、野見山さんの話は、そうした「虚」をふくめて「真実」として語りかける一種の詐術にも近い言葉の力があって、聴く人はその虚実のアンサンブルに酔いしれるのだ。

それはある意味で、野見山さんの絵にも文章にも通底する魅力ではなかろうか。

いつか出された「うつろうかたち」というエッセイ集のなかで、野見山さんはご自分の絵について
「神様がこの世をつくったり、動物や人間をつくったように、人間だって画面の上に、自分の好きな風景や自分の好きな動物をつくってもよろしかろう。それくらいは神様も許してくれるだろうというのが、ぼくの気持ちなんです」

とのべているけれども、それは絵だけではなく、野見山さんのすべての仕事につらぬかれている信条だと思う。

野見山さんの講演には、「野見山さんがつくった藤田嗣治」「野見山さんがつくった駒井哲郎」「野見山さんがつくった金山康喜」が登場し、しかもその人がその人以上にその人らしく生き生きと動き出し、生き生きと私たちに語りかけてくる。

いや、登場する人間ばかりではない。

何より野見山さんが生きたあの時代、絵筆をとりつづけることさえ困難だった軍国主義下での美校生活、苛酷できびしかった軍隊での訓練の日々、あるいは戦場に多くの友をのこして生還した自らの半生へのザンキの念、それらが画家野見山暁治の色彩、線、形をもって「現在」という画布の上に色鮮やかに描かれてゆくのだ。

さぞ明日の「無言館」展記念講演も、野見山人気で盛況なことだろう。

実際、もう整理券はとっくに売り切れたとか。

「乾杯！」

私はいくばくかの嫉妬心をこめて、わが「元凶」の師、やたらと元気のいい老画伯と前祝いの祝杯をあげた。

つけたしになるけれども、今回の「無言館」展が丸亀市猪熊弦一郎現代美術館で開催されるにいたった経緯には、いくつかの縁が重なっている。

猪熊弦一郎画伯といえば、当地丸亀の出身で、脇田和や野田英夫と新制作派協会の創立期をささえた詩情とユーモアにあふれた作品群でしられる巨匠だが、「無言館」に収蔵されている戦没画学生片岡進（東京美術学校彫塑科を卒業後、フィリピン・バシー海峡において二十四歳で戦死した）の姉上が猪熊夫人であるという奇縁をもっている。片岡は当時の美校でもとりわけ将来を嘱望されていた優秀な彫塑科の学生で、若い義弟の戦死を知った猪熊は、わがことのようにその才能を惜しんでいたという。

もちろん猪熊画伯は野見山さんとも親しく、また私も猪熊先生には生前何度かお会いして可愛がっていただいた思い出があるので、今回その猪熊芸術を顕彰する美術館で「無言館」展がひらかれることになったのは、私にとっても野見山さんにとってもかくべつ感慨深いできごとなのである。

冬へ（十二月—二〇〇七年二月）

十二月九日（土）　神保町逍遥

久しぶりに（十年以上になるか）東京神田神保町を歩く。

私のような新米物書きにとって、神保町は「本の町」であるばかりでなく「出版社の町」でもある。ほんの何冊か私もお世話になったことのあるS社やI書店のような大手出版社から、無名の書き手の数百部の本を出してくれる小出版社まで、ここには本で食べている会社が蝟集《いしゅう》している。活字文化の衰退や若者の本離れが声高にいわれる昨今にあっても、ここにはまだ「文学」や「出版」の匂いがじゅうまんしているのである。

高校時代、私はアルバイトの金が貯まると、よく神保町の古書街を歩いた。

その頃から好きだったのが美術書を多く扱っているY書店やF書店で、稀少な文学書や歴史書を専門にしているK書店やT書店にもよく通った。ちょっとエロチックな外国本や、めったに手に入らない昔の風俗雑誌などをそろえているY書房なんかも行きつけの店だった。貧乏高校生だったから、いつも本を買う小遣いがあるわけではなかったのだが、そうやって神保町の古書街をひとめぐりするだけで、何だか一冊の大著を読破したような満足感を抱けるのだからふしぎだった。

今日、何年ぶりかで歩いてもその印象は変わらない。

いや、若い頃に感じた神保町の味わい以上に、今この年齢になっても神保町のふんいきは胸をドキドキさせてくれる。「文学」の匂いがじゅうまんしているといったが、それは自分がもっとも「文学に恋していた」時代のなつかしい匂いがあふれている、ということなのかもしれない。

思い出したが、昔は古書店が掘り出し物の絵と出会う絶好の「穴場」だった。

意外なことに、古書店にならぶ美術本のなかに、時々たまげるような上質な木版画や銅版画、ときとしてれっきとした肉筆のデッサンなんかが紛れこんでいることがあるのだった。おそらくそれは、書店が愛書家のところから本を纏《まと》め買いしてくるときなどに、うっかりページのあいだに挟まっているそうした宝物を見落としたか、あるいは愛書家のほうもそこにそれがあることを忘れてしまっていたかのどっちかなのだろうが、いずれにせよトクをしたのは偶然その本を手にした購入者である。

あるときなど、たまたまY書店でめくっていた大正昭和期の巨匠の素描集のあいだから、ハラハラと数枚の和紙に描かれたデッサンが落ちてきて、それがある大家の（たしか石井鶴三だったか石井柏亭だったかの）サインがしてあったのにはびっくりした。くやしいことに私はそのとき手元不如意で、大して高くもなかったその本を買ってくることができず、みすみす指をくわえて大魚を見逃すしかなかったのだが。

もちろん、生き馬の目をぬく今の時代には、そんなオトギ話がそこかしこに転がっているわけはなく、文学書、美術書、歴史書、翻訳書、演劇関係、服飾関係等々それぞれの書店が専門化されたことによって、そういう「事故」はほとんど起こらなくなった。また、たとえ古書を専門にしている店であっても、専門外の絵や版画にも眼の利く店主や店員がちゃんとひかえるようになり、店によってはそうした美術品だけをあつめて、別のコーナーで売買するところもでてきた。

しかし、私ら世代の「美術好き」「書物好き」にとっては、今もこの町にはどこかにそんな宝物が埋まっているような妖しいふんいきがあって蠱惑《こわく》的なのだ。この広い古書街のどこかで、まだ見ぬ恋人が自分の訪れるのをじっと待ってくれているような、そんな心のときめきをおぼえるのが「神保町」という町なのである。

今日は神保町の外れ（といってもどこからが外れなのかわからないが）にある小さな編集プロダクションの社長である嶋田晋吾氏と、相棒の編集者の小林ふみ子さんと喫茶店「エリカ」で待ち合わせ、次に出してもらう本のことで長々と話し合う。これまでにも何回か名前がでてきたと思うのだが、嶋田氏と私は世田谷梅丘中学校時代の同級生で（二人ともちょっとした文学少年だった）、もう嶋田、小林のコンビで出してもらった本は十冊に近い。この売れない物書きを、よくぞここまで面倒みてくれたと思うと、とても二人には足をむけてねむれない。

初めて行った店だったけれど、この「エリカ」も神保町では老舗の珈琲店で、古書街で本さがしに疲れた人たちがホッとひと息つく場所だ。

古びたテーブルと椅子、薄暗い店内にかすかにながれるクラシック。

今買ってきたばかりの本を夢中で読みふけっている青年、私たちと同じように打ち合わせ中の編集者ふうの二人連れ。

「でも、ここもご主人がお年だしね、いつ閉めちゃうかわからないので心配しているのよ」

とふみ子さんはいう。

「この町もどんどん顔馴じみのお店がなくなっていっちゃう」

そういえば、私は自分が水商売をしていた頃、よくお客さんに連れてきてもらったジャズ喫茶もこのふきんにあったな、と思い出した。店の名は忘れてしまったが、靖国通りからちょっと入ったところにある小さな店で、あの当時では珍しかった何とかいう時代もののスピーカーでコルトレーンやマイルス・デイヴィスをさかんに聴かせていたっけ。あの店は今もあるんだろうか。

「エリカ」を出たあと、そのまま近くの安居酒屋へ移動、この日は久しぶりに飯田橋のEホテルに泊まった。

十二月十五日（金）　初雪快晴

前の晩がひどく冷えたと思っていたら、窓の外がいちめん白くなっている。

初雪である。

部屋からみえる独鈷山も、雪モヤのなかに白と黒との三角尾根をかすませている。月並みだが、雪舟の絵のような、とはこんな風景をいうのだろう。

去年の初雪も今頃だったろうか。いや、もう少し早かったか。

私が三十年前に初めて上田にきたときには、遅くとも東信州には十一月半ば頃に初雪がふった。何しろ信州の冬といえば、朝起きるとフトンのヘリが凍っているような寒さだったし、水道栓にはかならず凍結止メをせねばならず、美術館の樋《とい》からは太いツララが何本もさがっていた。近所のお百姓さんが差し入れてくれた野沢菜の木樽には氷が張っていて、それをかじかんだ手の先で破って舌鼓をうった。シャリシャリとした食感と、舌がしびれるような冷たさのまじったその時期の野沢菜の味はかくべつだった。

都会からきたニワカ移住者の身分を忘れて

「ああ、信州人でよかった」

なんて思ったものだ。

しかし、最近ではめったにそんな寒い冬はこない。気温もそれほど下がらないし、降雪量も年々少なくなっている。

おととしだったろうか、とうとう雪らしい雪が一度もふらないまま春がきてしまった年もある。

いうまでもなく、ここ東信濃の里にも温暖化の波がおしよせているのだろう。

それだけに、こうやってちゃんとした初雪の日がやってくると、どこか胸をなでおろしたい気分にもなるのである。

もっとも、これ以上ふってもらうと、若い館員たちは雪カキで大変だ。

雪舟の絵ぐらいだったらいいのだが、いったん本気で（？）ふり出すと信州の雪は容赦がない。「信濃デッサン館」と「無言館」をむすぶ一本道、循環バスが通る市道から館の駐車場までのびる坂道が、羽毛ブトンをかぶせたみたいなぶ厚い白雪でおおわれる。そうなると、二つの美術館は「南極基地」か「陸の孤島」状態で、館につとめる若者たち（もちろんウラ若き娘たちも）が、手に手にスコップや竹ボウキをもって雪カキする姿は、まるでヒマラヤに挑む決死隊のよう。

もちろん、そんな日にはほとんど来館者なんかこない。

たまに坂をのぼってくるのは、郵便屋さんのバイクか雪害を見回る森林組合のトラックくらいで、雪の舞う鉛色の空には上田鴉とよばれるカラスがカァカァとさみしく鳴くばかり。

ただ、多少負け惜しみめくけれども、私はそんな雪げしきのなかでみる自分の美術館が好きである。

雪の丘にひっそりと建つ「信濃デッサン館」や「無言館」をみていると、何か胸の底からじんと熱いものがこみあげてくる。自分が苦労してあつめた宝物が、だれの手にじゃまされることなく、信州の自然にしっかりと抱きかかえられているような感じがして心がみちてくる。

ああ、何て自分は幸せな仕事をしているのだろう、と思う。

何てすばらしい画家たちといっしょに生きているのだろう、と思う。

朝から一人として来館者の姿のみえない日、ただしんしんと美術館の屋根にふり積もる雪をみながら、私はそんなふしぎな充足感におそわれるのだ。

ま、そんなことといっているから経営不振におちいるのだけれど。

だが、今日の初雪はそんなに心配するほど積もらないようだ。

朝のうちは勢いよく舞いおちていた雪が、十時すぎにはすっかり上がってしまい、昼にはもうケロリとした冬晴れの空をみせている。泣いた子がもうわらった、といった感じ。朝の勢いをみて、館員たちは明日の雪カキ作業の打ち合わせをしていたのだが、ちょっぴり拍子ぬけした面持ちだ。

こういう初雪快晴という日もあまり経験したことがない。

このぶんだと、今年もあまり雪のふらない冬になるかもしれない。

十二月二十五日（月）「野火忌」

十二月二十五日といえば、世界じゅうのだれもがジングルベルの「クリスマス」というだろうけれど、私はこの日を心のなかで「野火忌」ときめている。

私が勝手に定めた記念日だから、この日にどこかで何か特別な催しがひらかれるというわけではない。

「野火」とは、あの作家大岡昇平先生の小説、太平洋戦争のさなかフィリピンのルソン島を彷徨《さまよ》いあるく、飢えた日本兵をえがいた戦記文学の名作のこと。私は一九八八年十二月二十五日に七十九歳で亡くなった大岡先生をしのんで、今日という日を「野火忌」と名付けているのである。

私は生前、ほんとうに大岡先生には可愛がってもらった。

「中原中也」の項でも書いたけれど、最初は先生が研究されていた夭折詩人富永太郎との関連で、私がコレクションしている村山槐多の作品に先生が興味をしめされたのがきっかけだったのだが、やがて私に当時出版が予定されていた「富永太郎画集」の作品選定を任せて下さったり、資料の下読みをさせて下さったりするようになった。どこが気に入ってもらえたのか、何かにつけて先生は私を成城町六丁目の大岡邸によんで下さった。

なかでも、一番心にのこっているのは、毎年正月に大岡邸でひらかれる内輪の「新年会」にかならず参加させてもらえたことだ。

内輪の、といっても、大岡邸での「新年会」はただの「新年会」とわけがちがう。何しろ先生の「近代文学」仲間である埴谷雄高先生、本多秋五先生はじめ、大江健三郎先生、加賀乙彦先生、中野孝次先生、辻邦生先生、秋山駿先生……文学ファンだったら腰をぬかすほどの豪華メンバーがズラリと顔をそろえるのだ。しかもその先生方が、ブランデーの杯をくみかわし、春枝夫人の手づくりのおセチ料理に舌鼓をうちながら、ドストエフスキーやスタンダールの文学論、巷間をにぎわしている社会的、政治的事件についての感想、意見を打々発止とたたかわすわけだから、もはやそこは日本を代表する文学者による「新年大弁論大会」の様相を呈してくる。翻訳書一冊まともに読んだことのない私の細胞が、みるみるうちに「門前の小僧習わぬ経を読む」よろしく瑞々しくうるおってきたのも当然だったろう。

大岡先生の口グセは

「事実に歌わせる」

であった。

「事実を大事にしなけりゃならない。事実を積み重ねることによって物事の本質がみえてくる」

そんなふうにもいわれたように思う。

私の耳にそれは、ともすれば情緒的、感覚的にながされがちな自分の美術や文学に対する姿勢を、どこかでやさしく諌《いさ》めているような言葉にきこえた。美術であれ文学であれ、人間の芸術表現というものは、そこにある「事実」を正確にしっかりとうけとめたすえに構築され、創作されるべきものであって、けっして最初から自らの主観や先入観をもって臨むものではない。大岡先生はそんなふうに私に教えて下さっていたのではないだろうか。

「たとえば戦争だってそうだよ。国家がおかした罪や過ちを寸分たがわぬ事実として後世に伝えなければならない。国家権力によってどれだけたくさんの弱者の生命が奪われ、若い才能が摘みとられていったかを、史実を忠実に、誤りなく調べ辿ることによって伝えてゆかなければならない」

大岡先生のやわらかい、静かでゆっくりとした話し言葉が、今も鮮明に心の奥によみがえる。

あれはたしか、NHKテレビで作家の澤地久枝さんと対談されていた番組だと記憶するのだが、話題が大岡先生の出征したミンドロ島の惨禍や、レイテ島での戦友たちの死のことにおよんだとき、ふいに先生が絶句されて大粒の涙をこぼされたことがあった。

「戦死したかれらは……」

といいかけて、先生はしばらくあふれ出る涙をぬぐおうともせずに、眼鏡の奥の眼をじっと見開いたままでおられた。

それはまるで、かつての戦争下にあって、自分自身が犯した罪科の重さを悔いているような断腸の涙だった。心の芯からこみあげてくる涙だった。そこには、自分が生きてきた「あの時代」ときちんと向き合い、どんなことでもけっしてアイマイにしてはならないという、一人の文学者としての一人の人間としての矜持《きょうじ》があった。

「戦死したかれらはねぇ……」

言葉はそこで途切れたけれども、私には先生が私たちに何を告げようとされているのかがはっきりとわかった。

「かれらはねぇ、生きのこった人間に本当の戦争の姿を伝えてもらいたいと願っていたはずなんだよ」

私が先生の命日である十二月二十五日を「野火忌」ときめたのは、その「一人の人間としてどうあるべきか」「どう真実を伝えるか」という先生の教えをいつまでも忘れないためなのである。


十二月二十九日（金）　アカペラ「忘年会」


夕方六時から年末恒例の「忘年会」。

「信濃デッサン館」の別館である「槐多庵」にご近所の方々、友の会の方々、ふだんお世話になっている市役所の方々など、約二十名ほどの客人があつまる。もちろん前山寺のふみさん、和方医院の奥さま信子さん、須坂浄運寺のご住職小林覚雄さんたち、おなじみの方々の顔も。

今年は特別ゲストとして歌手のおおたか静流さん、ＮＨＫアナウンサーの青木裕子さんにお越し願う。

おおたかさんに何曲か得意曲を歌ってもらい、青木アナに宮澤賢治の「銀河鉄道の夜」を朗読してもらうというのが、今年の「忘年会」の趣向の目玉だ。

なぜこのお二人が片田舎の美術館の「忘年会」に（しかもノーギャラで！）馳せ参じてくれるのか。だれもがふしぎに思われるだろうが、じつはお二人とも以前から大の「信濃デッサン館」ファンで、おおたかさんには何年か前の「槐多忌」にご出演いただき、青木さんにも「槐多忌」の司会のほか、ここ「槐多庵」で何度か朗読会をひらいてもらったりしている親しい仲なのだ。

最初青木アナにおそるおそる「忘年会で朗読を」とお願いしたら、たまたまそれをききつけたおおたかさんが「私も連れてって」と申し出て下さったわけ。

いつも聴くたびに思うのだが、おおたかさんのアカペラは絶品である。

アカペラとは、正確にはルネサンス時代に礼拝堂などでうたわれた「教会合唱」のことをいうらしいのだが、一般にはいわゆる「無伴奏」の歌唱形式の一つとうけとられている。今のように「カラオケ」が大衆文化に定着している時代であればこそ、よけいに何の伴奏もない静けさのなかでうたわれる「アカペラ」は魅力的で、私などはクラシックも歌謡曲も童謡も、生半可なオーケストラで聴くよりもアカペラで聴くほうが好きである。余分な音を一切排除した静寂のなかで「声」だけで勝負するアカペラは、歌う側にとっては本当の意味での歌唱力が問われるし、そのぶんだけ聴く側はその歌の本当の味を知ることができる。

ボイス・アーティストおおたか静流さんのアカペラは、何だかおおたかさんの声そのものが楽器でありオーケストラであるような、何ともいえない「無伴奏」の魅力を私たちにとどけてくれる。「無伴奏」のアンサンブルというと変だけれども、おおたかさんのアカペラは、まるで「きこえないオーケストラ」をバックにした独唱のように、私たちの心の深部をゆさぶるのである。

この日のおおたかさんもバツグンだった。

よく知られているおおたかさんの大ヒット曲の沖縄歌謡「花」からはじまって、最近ステージでもよく歌うというアイルランド民謡、黒人霊歌、そして日本の唱歌、童謡の数々……ひんやりとした「槐多庵」の空気のなかを、澄んだ鳥の囀《さえず》りのようなおおたかさんの歌声がながれてゆく。

「いいねぇ」

とだれかがいうと

「忘年会にゃもったいないな」

とだれかがいう。

たしかにそうかもしれない。

こんな静寂につつまれた、何か神々しいふんいきのただよう「忘年会」なんてあまりほかにはないだろう。

すべてはわが美術館の「忘年会」のために、おっとり刀で東京から駈けつけてくれたおおたか静流さん、青木裕子さんのおかげである。それとやはり、今年のわが館の「忘年会」が、例年とはちょっと異なった感傷をともなう、「信濃デッサン館」休館三日前の「忘年会」だったからでもあるけれど。


おおたかさんの歌につづいて、青木裕子さんの朗読「銀河鉄道の夜」がはじまる。ご存知、ジョバンニとカンパネルラのドキドキ、ワクワクの巨大宇宙をゆく夢幻紀行。青木さんはNHKで現役アナとして活躍するかたわら、全国各地の公民館や小中学校で宮澤賢治の作品を中心にしたチャリティ朗読会をされている人だ。

それまでさわがしかったグラスの音と雑談の声がしんと静まり、一座は青木さんの美しい声で語られる宮澤賢治のメルヘン世界にひきこまれてゆく。

考えてみれば、「朗読」もまた究極のアカペラである。まったくの「無伴奏」による言語表現である。

今年の「忘年会」はさしずめ「アカペラ忘年会」とでもいうべきか。

いつのまにかワインを片手に近寄ってきたおおたかさんの言葉がニクかった。

「アカペラはデッサン館によく似合いますね。私たちにとって、アカペラは画家のデッサンと同じものでしょうから」


二〇〇七年一月一日（月）「無期限休館」


正月元旦である。

というより、今日は「信濃デッサン館」がむかえた歴史的な「休館第一日目」の日である。

いつものように、朝六時半頃に起床して部屋の窓をあけると、いつもとまったく変わらない前山寺の本堂のカヤブキ屋根と、その後ろにそびえる独鈷山の木立ちがみえる。チュンチュンとさわぐ雀の囀りがきこえ、風にゆれる木の葉のこすれる音がきこえ、遠くで子どもがはしゃいでいる声がきこえる。

きのうの大晦日は、明け方まで参拝客でにぎわっていた前山寺なので、今朝はまだしんと静まりかえっている。

のどかな東信州の、どこまでものどかな正月風景だ。

これまでの二十八年、ずっとみてきた元旦の風景が眼の前にある。

たった一つ、例年とちがうのは「信濃デッサン館」の案内板の下に「休館」という札がぶらさがっていること。

これまで二十八年間、補修工事や作品の展示替え作業など、よほどの理由がないかぎり一日も休むことなく開館してきた「信濃デッサン館」が、ついに今日から無期限休館に突入したのだ。

これは、本当のことなんだろうかと、思わず頬っぺたをつねってみる。


とにかく、それなりの決断だったことはたしかだった。

「信濃デッサン館」を閉じたからといって、そんなに事態が好転するとは思えない。せいぜい月額何万かの光熱費、ストーヴのマキ代ぐらいが工面できる程度だろう。それに、喫茶室のパートさんのお手当てと、やはり週一でお頼みしている下の駐車場のトイレ掃除のおばさんのバイト料ぐらい。

だから、こうやって「信濃デッサン館」を休館にしても、経済的に大いに助かるというわけではないのだ。

では、なぜ休館したのか。

池永税理士の進言通り、このままでは「無言館」のほうの労働力が手薄になり、新しい館員をふやさなければならないからだ。現在、わが館員は「無言館」に三名、別館「槐多庵」に一名、「信濃デッサン館」に二名が配されているが、シーズン時には猫の手も借りたいほどの盛況をみせる「無言館」にくらべ、ここ数年間の「信濃デッサン館」や「槐多庵」はひっそりと静まりかえっている。池永さんならずとも、ヒマな本館、別館のほうは閉めて、その分の人員を「無言館」に投入すべきではないかというのは、考えてみれば至極当然の方策のように思われる。

労働力の片寄りは、館員だけにかぎったことではない。館主である私だってそうで、ここ数年ほとんどの労力は「無言館」に費やされている。全国から寄せられる戦没画学生の情報の整理、ご遺族宅への訪問と遺作収集、各地美術館での巡回展開催、それにともなう金銭の交渉、展示作業の準備、講演等々、文字通りこういうのを東奔西走というのだろう。とにかくここ何年か、私は本館の「信濃デッサン館」に三日つづけて落ち着くヒマもないほどの超多忙な生活をおくっているのだ。

それと、これ以上「無言館」と「信濃デッサン館」の掛け持ち暮らしをしてゆくのがツラクなったのは、何といっても「信濃デッサン館」の不人気が私を精神的にジワジワと追いつめていることである。ジワジワというか、シクシクというか、毎日毎日、ガランとした本館の状況をみているだけで気が滅入ってくる。何もかもイヤになって、机にむかっていても原稿ははかどらないし、電話をうけとっても声に力が入らない。

要するに、虚脱状態なのだ。

つまり……つまり私が今回の「休館」を決意したのは、何よりこうした自分の腑抜け状態から脱出したかったからだといっていいのである。

こうなったら、自分は「信濃デッサン館」に見切りをつけ、現在の「無言館」の活動に全力投球しよう。今までにもまして一生懸命、全国の戦没画学生宅をあるき、かれらがのこした生命の欠片《かけら》とでもいうべき遺作を収集し、かれらが今の時代に伝えたかった「遺言」を保存しつづけてゆく仕事に邁進してゆこう。

私はついに「信濃デッサン館」を捨てようと決心したのである。


ただ、白状すると今回の「休館」の表示方法には、今一つ奥歯にモノがはさまったというか、どこか煮え切らない部分があることもじじつである。

それは、「閉館」でなく「休館」にしたことだ。

美術館を完全に閉鎖する「閉館」ではなく、いわばいつ再開してもかまわない「休館」という形にしたことだ。

しかも、それは「無期限休館」である。「閉館」ではなく「休館」と断わるとともに、その期間は「無期限」であるといっているのだ。すなわち、いつか再開するかもしれないという可能性を匂わせながら、それはいつになるかわからない、ことによるともう二度と再開の時期は訪れないかもしれないということも匂わせているのだ。

他人ゴトのような言い方だが、これはなかなか巧妙（？）な「休館」宣言といえるんじゃなかろうか。

二重構造的言い回し、といえるんじゃなかろうか。

たしかに、私はまだ心のどこかで「信濃デッサン館」をあきらめきれないでいるのである。いつか「信濃デッサン館」を再オープンさせるときがやってくるんじゃないか、そのチャンスが到来するんじゃないかと思っているのである。だから、美術館の入り口に下げた札にはあえて「閉館」と書かずに「休館」と書いたのだ。

往生際が悪いというか、あきらめが悪いというか……。

元日の夜、館内の電気をつけ一人でゆっくりと絵の前をあるいてみる。

村山槐多の「尿する裸僧」。全裸で托鉢の鉢にむかって放尿し、自らその姿に合掌している若い僧侶の隆々たるペニス、豊かな四肢の肉付き。

関根正二の「自画像」。上方左右に壁がん型のワクがほどこされた画面に、額のひろい眼光のするどい一人の男がこちらを凝視している。その憤怒にみちたみけんの皺とひきしまった唇、とがった顎とぴんと張った首すじ、短い頭髪。

松本竣介の「ニコライ堂」。しんとした街衢《がいく》のむこうにそびえているニコライ小聖堂。うつむきながらその前を通る一人の男の、ひどく儚げなシルエット。

野田英夫の「初冬」。遠くに青い水平線をのぞむサンフランシスコの坂の上。大きな林檎をもって頬っぺたを寄せ合う愛くるしい姉妹、鋪道にたたずむ毛皮コートの婦人。

どれもが、みればみるほどどいい絵だ。二十八年間、ずっと私のそばにありつづけてきた私の愛するコレクションだ。

どの絵も、いつもとまったく変わらずそこにある。

何も変わっていない。

そこにあるだけで安心する絵、といったらいいだろうか。

こうなると、美術館を閉館するだの休館するだのとさわいでいる自分の一人相撲が恥ずかしくなる。

そう、「信濃デッサン館」が休館したって、閉館したって、ここにあつめられたコレクションの価値には何の変わりもないのだ。

変わりがあるとすれば、かれらの絵の前に立つ鑑賞者の数だけだろう。美術館が繁盛していれば、かれらの絵の前に立つ人の数が多くなり、美術館が扉を閉じれば無人になるというだけのことだ。それは「信濃デッサン館」の問題であって、かれらの作品の問題ではない。たとえ「信濃デッサン館」がこの世から消えても、かれらの絵がこの世から消滅するわけではないのだから。

しかし……と思う。

では、自分自身にとって「信濃デッサン館」はどういう存在なのだろう。「信濃デッサン館」が休館しようと閉館しようと、ここにならぶ画家たちの作品の価値は変わらないけれども、かんじんの私自身はどうなのだろう。もしこのまま「信濃デッサン館」が永遠に扉を閉じてしまっても、私がこれまで画家たちにそそいできた愛情には少しも変わりがないといえるのだろうか。私がかれらの絵を「だれよりも愛している」と胸が張れるのは、かれらの絵を少しでも多くの人々にみてもらうという営み、あらゆる困難をこえて「信濃デッサン館」を存続させてこそ初めていえることなのではあるまいか。

考えているうちに、もう十二時が近くなっている。

これまで何度も何度も考え、そのたびに壁にぶつかり、満足な答えを得ることができなかった問いをくりかえすうちに、記念すべき新年の「休館第一日目」がすぎようとしている。

まるで、その問いの答えをみつけることこそが、今後の私にあたえられた「無期限」の宿題であるかのように。

一月二日（火）「美術館」の役割

午前中に岩手県水沢市から佐々木英次、みゆきさん夫妻が来訪。

来訪、といってもいつものように美術館の入り口から、というわけにはゆかない。「休館」中の美術館の裏手に回って、私が寝ている小部屋のドアをノックする者がいるので、寝ぼけ眼で出てみたら夫妻がニッコリと立っている。

二人は毎年、年末から年始にかけてわが館を訪れるのが常なのだが、今年は正月明けに水沢を発って、きのう元日の夜に上田の駅前ホテルに入ったのだという。

「おめでとうございます」

長身でのっそりとした英次君が、私の顔をみてボソリと新年の挨拶。

「今年もよろしくお願いします」

隣のみゆきさんは相変わらず明るい笑顔だ。

それにしても、今年から「休館」に入った美術館にやってきて「おめでとう」だなんて、何だかしっくりこない。

むしろ、こういう場合は「このたびはとんだことで」とか「お気を落とさないで」とかいった挨拶のほうがぴったりくるような気がする。

しかし、何といっても東北岩手県からの遠来の年始客である。

「いや、おめでとう」

寝ぼけ眼のまま私もこたえる。

ここ何年か、わが「信濃デッサン館」の正月は佐々木夫妻の年始挨拶からはじまるのが恒例なのである。


佐々木英次君は、今では郷里水沢の信用金庫につとめる銀行マンだが、「信濃デッサン館」が開館してまもない頃、しばらく私の東京の画廊（当時私はまだ東京明大前で小さな画廊も経営していた）を手伝ってくれていたことがあった。絵の運搬や箱詰めが主な仕事だったが、ときどき私といっしょに売り絵展覧会の会場づくりをしたり、顧客のところへ絵のセールスにあるいてくれたりしたこともあった。

その後佐々木君は私の画廊をやめて、水沢に帰って現在の信用金庫に就職し、しばらくはぷっつりと音信が途絶えていたのだが、ある年の正月に奥さんのみゆきさんとひょっこり顔をみせて、それ以来年末年始にはかならず「信濃デッサン館」を訪れてくれるようになったのである。

この夫妻の「信濃デッサン館」詣でには隠された理由があった。

じつは二人は、結婚してまもなく恒如君という男の子をさずかるのだが、その恒如君がわずか一歳と三か月で病死したのである。若い二人の、とりわけ子ども好きだったみゆきさんの悲嘆はふかく、一時は愛児のあとを追って自殺することまで考えるほど落ちこんだという。そのみゆきさんに、英次君が「いいところがあるから」と案内してくれたのが私の美術館「信濃デッサン館」だったというわけなのだ。

「何となくクボシマさんの美術館に行ったら、みゆきも救われるんじゃないかと思いましてね」

という英次君の言葉には、さすがに私もウルッときた。

なるほど、そうした「美術館の役割」もあっていいだろう。

佐々木夫妻にとって、私の「信濃デッサン館」(もちろん「無言館」もだが)は、失った恒如君の魂を鎮める大切な場所になっているのだろう。ことによると、二つの美術館にねむる夭折画家や戦没画学生の魂と、幼く逝った恒如君の魂とがいっしょになって、佐々木夫妻の心によみがえってくる場所なのかもしれない。恒如君の未来にひろがっていたはずの「生」の可能性が、志半ばで夭折した画家たちにもあったそれと重なって、二人の埋めがたい寂しさを慰めてくれる場所になっているといえるだろうか。

「毎年正月になると、恒如に会いにここにくるんです」

みゆきさんの言葉に、私は黙ってうなずいたのだった。

夜、別館の「槐多庵」で佐々木夫妻主催の食事会。正月出勤していた女性館員が二人加わって、みゆきさん得意の「キムチ鍋」をかこむ。

いつ頃からか、正月訪問の際は佐々木夫妻が私たちにごちそうしてくれるのが習わし（？）になっている。昼間のうちに二人が市内のスーパーで食材を調達してくれて、夕方から「槐多庵」のキッチンで腕をふるってくれるのだ。おかげで私はここ何年か、正月三が日のうちの一日はみゆきさんの手料理をたのしませてもらうのがつねとなっているのである。

ただ、ふしぎだったのは佐々木英次君もみゆきさんも、食事中ひと言も「信濃デッサン館」の「休館」の話題にはふれなかったことだ。

話す内容といえばもっぱら「無言館」のことで
「お正月でもたくさんお客さんがきていましたよ。いらっしゃる方のなかには、私たちのような事情できている人もいるんじゃないかしら」

と、みゆきさんがいうと
「人間、みんな事情をもってるよ。ひとくちに絵をみているといっても、人それぞれだからね」

ボソリと英次君。

いずれにせよ、二人は「無言館」が開いていてホッとしている様子だった。「信濃デッサン館」の休館にはひと言もふれなかったが、それは変わらずに開館しているもう一つの美術館「無言館」があるからなのかもしれない、とふと思った。

たしかに……そんな気がしてくる。

人間の身体にたとえれば、「信濃デッサン館」と「無言館」は二つの臓器をもつ腎臓とよく似ているのかも。

一つの臓器が壊死しても、もう一つの臓器がそのぶんの「役割」を果たしてくれる。私の美術館は、今やそんな関係にあるのではないだろうか。

ということは、やっぱり「信濃デッサン館」は必要ないということになるのか。

そんなバカな。

私の美術館を脊椎動物の泌尿器官といっしょにしてもらっては困る。

私にとっては、どちらの美術館も独立した生命をもつ存在なのだ。

それを忘れてもらっては困る。

私は心のなかでブツブツいいながら、そこらへんのプロ料理人顔負けの、みゆきシェフ自慢の「キムチ鍋」（オリジナルのだしの味がバツグン！）を頬ばった。

一月五日（金）　迷子の客

今日は朝からヘンなことが起きた。

午前中に「無言館」から電話が入って、そちらに一人、どうしても閉館中の「信濃デッサン館」の絵をみたいという客がむかったので何とかしてあげてほしい、とのこと。

これは想定内のできごとだった。

「信濃デッサン館」の「休館」は、まだ完全には周知徹底されていない。地元の新聞等には「休館のお知らせ」を載せてもらい、峠むこうの別所温泉の宿屋さんにもポスターを貼らせてもらっているのだが、県外からくる客のなかにはまだそれを知らない人も多い。せっかく「無言館」にまでやってきたのだから、できればムリをしてでも「信濃デッサン館」を臨時開館してもらうわけにはゆかないだろうか、という客の要望がでてくることはじゅうぶん考えられたのだ。

さぁて、どうするか。

しばし熟考のすえ、今日はこのお客さんのために「信濃デッサン館」を開けることを決意する。

はなはだ主体性のない「休館」だといわれてしまえばそれまでだが、これは緊急避難的な処置である。いくら「信濃デッサン館」が「休館」中であっても、「無言館」にとっての本館であることには変わりないのだし、分館の「無言館」を訪れた客が「信濃デッサン館」をみたいと申し出ているのである。幸い、今日「信濃デッサン館」には館主である私が在館しているのだから、お客さん一人をむかえる準備ぐらいは簡単にできる。大扉のカンヌキを外し、館内の電気をつけ、受付で一人分のチケットを切ることぐらいは私にだってできる。そうであるならば、今日半日はこの熱心な「信濃デッサン館」ファンのために、館を臨時営業してもよいのではなかろうか。

それに、「休館」してからわずか五日目にこうした客が登場してくれたことには、おおいに勇気づけられる。まだ世の中から「信濃デッサン館」は見棄てられていないのだということを実感し、心の奥にポッと灯がともったような気分になる。

正月早々、今日はお目出たい日になるかもしれないな。

ところが、おかしなことにいくら待ってもそのお客が「信濃デッサン館」に姿をみせない。

一時間、二時間とすぎてゆく。

どこに行ってしまったのか、「無言館」からこちらにむかったはずの客がなかなか到着しないのだ。

前にもいったように、「無言館」と「信濃デッサン館」の距離はたった五百メートルほどである。ゆっくり歩いても十五分あればじゅうぶん足りる近さだ。「信濃デッサン館」にむかったお客さんはどこに消えてしまったのだろう。

考えられることは、途中で道草を食っているケース。たとえば、二つの美術館のちょうど真ん中あたりにある上田紬の専門店「藤本」さん（「槐多庵」の斜め向かい）に立ち寄るとか、最近完成した坂下の駐車場のベンチに腰かけてひと休みするとか。しかし、それにしても、館員が「無言館」から「信濃デッサン館」に電話を入れたことは知っているはずなのだから、そんなことに途中で時間を費やすとは考えにくい。

ということは、急病？

それとも、事故？

美術館の前庭に出て周辺を見回してみたけれども、あたりにそれらしき人の姿はみえない。前山寺の参道にも、館の前の駐車場にも人影は見当らない。

けっきょく、昼すぎまで館内の電気をつけて受付にすわっていたのだが、お目当ての客人はついに姿を現わさず、三時間後にふたたび消灯、外の案内板の下に「休館」の札をぶらさげて扉にカンヌキをかける。

ああ、いったいどうしちゃったんだろう。

張りつめていた気持ちが途切れて、何ともいえない徒労感が全身をおそう。

館を閉じたあと、どうしても納得がゆかないので「無言館」に電話。

「たしかにそのお客さん、こちらにくると言ったの？」

「はい。もちろんです。館長の本を二冊も買って下さって、そちらで館長にサインをしてもらうんだと、張り切って館を出てゆかれました」

「へぇ……」


その夜、早めに床に入ったのだがなかなか寝つかれず、あけがたウツラウツラしているときに夢をみた。

何と、私がそのお客さんになって「迷子」になってしまった夢である。

「無言館」から坂道を下ってきて、道なりに「信濃デッサン館」にむかったのだが、どうしても美術館の建物がみつからない。見慣れたはずの前山寺の山門や、その前の土産物屋、参道のわきにあるはずの館の看板も見当たらない。必死に探して歩いているうちに細いヤブ道に迷いこんでしまい、あわててひっ返したのだが、そこは見たこともない部落のなかの路地で、行けども行けども出口に行き当たらないのだ。

とうとう、「信濃デッサン館」に行き着くことができず、私は泣きじゃくりながら、日がとっぷりと暮れた田舎道をトボトボと歩きつづけるばかり……。

眼がさめると、ジットリと首すじに汗をかいていた。

やれやれ、これが今年の初夢か。

何という不吉な夢だろう。

しかしながら……やっぱりフに落ちない。まるで、三流ミステリ映画でもみているようではないか。

あのお客はいったいどこへ行ったのだろう。

いや、夢のなかの私はどこへ行ったのだろう。

一月十九日（金）　未完成の塔

そういえば、前山寺の若住職にまだ正式に「信濃デッサン館」の休館報告をしていなかったことを思い出し、久しぶりにお寺の庫裏《くり》にうかがう。

若住職と断わるのは、現在の住職の河合弘史さんはまだ二十代半ばの若いお坊さんだからで、先年六十二歳で逝去された父上の栄尚さんの跡を継いで、由緒ある前山寺の三十七世の住職に就任されたのはつい三年ほど前のことだ。お母さんの照子さんは「まだまだ子どもですから」

といわれるけれども、どうしてどうして、高野山で修行し、得度式を終えられ、若冠二十二歳でお寺に入られた頃とくらべると、童顔ながら法衣姿もなかなか堂々としている。八百余年という長い寺歴と伝統をもつ真言宗智山派の名刹を背負わねばならない責任感、使命感が、知らず知らずのうちに弘史さんを精神的に強く鍛えあげ、一人前の僧侶に育てあげたといっていいのだろう。

庫裏の事務所で照子さんにお茶を淹れてもらう。

私の「信濃デッサン館」の休館については、弘史住職はそれほど心配されていないようで

「クボシマさんのことですから、またきっと再オープンされるでしょう。その日を待っていますよ」

照子さんともども、そんなふうに私を励まして下さる。

しかし、その表情のどこかに

「無言館があんなに栄えているのですから、デッサン館のほうはもうそろそろお休みにしてもいいいんじゃないですか」

なんていう気持ちがあるような気がしてならない。ま、例によって考えすぎかもしれないけれど。

いいえ、そんな簡単な状況ではないんですよ、といいかけた言葉をのみこんで、私は庫裏を

辞した。

「信濃デッサン館」への帰りしな、久しぶりに「未完成の塔」とよばれる境内の三重塔に立ち寄る。

前山寺の三重塔は重要文化財に指定されている名塔で、ここらへんのガイドブックでは人気スポットの一つとして紹介されている。室町時代初期に建立され、宮大工がこれ以上建築すると本当の美しさがそこなわれるからといってノミを置いたという説と、鎌倉で北条氏がほろんで塩田城が没落し、それまで建塔に費やしていた予算が底をついて途中で工事が打ち切られたという説があるのだが、どちらが正しいのかはわからない。いずれにしても、この塔には窓や扉や欄干がなく、またそれらを飾る装具などが一切はぶかれているので、ずっと昔から「未完成の塔」、未完成でありながら完成している塔といわれているのである。

少し理クツめくけれど、畢竟《ひっきょう》「未完成」も「完成」も、ある意味では同質の美しさをもつということなのだろう。完成品だろうと未完成品だろうと、それを創るがわの信念と情熱と技術によって美の極みに達するという点では、絵や彫刻も同じである。ただ、最初から「未完成」にとどまろうなんていう不心得があってはならない。「完成」も「未完成」も、その極みをめざして努力し精進したすえにあたえられる結果であり、同時に長いあいだの歴史の裁きをうけて判定されるべきものだからである。

そんな気持ちでみあげる今日の三重塔は、何だかやけに美しい。質朴で、簡素簡潔、凜としていて、とにかく美しい。よけいなまざりものがない、ということがこれほどまでに塔姿を美しくみせるものか。これは室町時代の宮大工たちが、人間がついに息をひきとるまで「未完成」であることの尊さ、「完成」にたちむかうことのけなげさを教えてくれているのではあるまいか。どんなに年齢をへても、歳月をへても、人間がうしなってはならない初志の美しさを伝えてくれているのではないのか。


参道を下りてくると、畑のむこうで手をふる人がいるのに気づく。先々代ご住職の奥さま、というよりわが「信州の母」である守ふみさんだ。

畑仕事をしているところをみると、ふみさんは最近体調がいいらしい。ふみさんの体調がいいと私も元気づくし、ふみさんが病にふせったりすると私も元気をなくす。「信州の母」の健康は、何より私の健康にも直結するバロメーターなのだ。

ふみさんの手ぶりは、私に畑の野菜を少しもってゆけという合図である。

ふみさんの畑は、じゃがいも、トマト、ナス……何でもござれの野菜の宝庫だが、そうだ、今日は前山寺名物の青クビ大根を少々ちょうだいしてゆこうか。

一月二十日（土）　郷土写真家

昼すぎ、地元のアマチュア写真家矢幡正夫さんがやってくる。ただいま休業中の冷え冷えとした喫茶室のストーヴに急遽マキを入れ、今春信濃毎日新聞社から出版する「鼎、槐多への旅」の打ち合わせ。

矢幡さんは数年前まで上田市役所の公園緑地課に勤務されていた人で、六十歳の定年の去年退職し、今は若い頃からの趣味だった写真に思うぞんぶん打ちこむ第二の人生が進行中だそうだ。矢幡さんは以前から、私の美術館で行なわれる数々の催し、「槐多忌」や「成人式」の様子をレンズにおさめてくれていて、いわば「信濃デッサン館」「無言館」の専属カメラマンといった役割を担って下さっている。「鼎、槐多への旅」は、そんな矢幡さんに山本鼎や村山槐多が活躍した信州のあちこちを撮ってもらい、その写真のかたわらに私の文章をそえて一冊にまとめてみようという趣向の本である。

じつは、矢幡正夫さんはこのところ万全のコンディションではないのだそうだ。何か月も前からヘルニアを患っていたのだが、どうも最近それが思わしくなく、近いうちヘルニアの治療では有名な小県郡の依田窪病院で手術を受ける予定になっているとのこと。心なしか、いつもはドングリ眼玉の愛嬌ある矢幡さんの顔が、もう一つ冴えないのが気にかかる。

だが、矢幡さんはこういう。

「いやァ、館長さんの本の話を新聞社からきいたとたん、何だか身体の奥からズクが出てきてねぇ、今日は朝早くから、撮影の下見に槐多さんが住んでいた大屋のほうまで行ってきたんですよ」

ズクとは信州でよく使われる「根性」の意味。好きな写真の仕事を新聞社から依頼されて、にわかに身体にエネルギーがわいてきたというのだ。

なるほど、好きな道とはそういうものかもしれない。

とにかく、カメラを構えているときの矢幡さんは少年のよう、というより好きな遊びに興じる童子のようだ。ドングリ眼玉をカメラにくっつけ、身体をあっちへひねったりこっちへひねったり、喜々としてシャッターを切る。撮られているこちらがわまでが、何だか嬉しくなってくるような独特のカメラの構え方をする。

何より矢幡さんの、自らの故郷であるここ塩田平の自然に寄せる愛情はとくべつだ。矢幡さんのカメラにかかると、ごく見慣れたこのあたりの風景が、突然どこか見知らぬ異国の田園風景のような新鮮な息吹を発しはじめる。田植えがすんだハゼ掛けのある畑、蛙の鳴くアゼ道、緑しげる里山……すべてが矢幡さんのカメラによって着色され、ふちどられ、まるで一幅の絵のように瑞々しく再生されるのだ。それは、矢幡さんがいかに自分の生まれ育ったこの土地を愛しているかという証左でもあるのだろう。

今回信濃毎日新聞社から出る予定のフォト・エッセイ「鼎、槐多への旅」は、そんな生粋の郷土出身の写真家矢幡正夫さんと、三十余年この地に居住しながら今もってヨソ者の意識を捨てきれないでいる私との、ちょっとやるせないコンビによる合作本なのである。

今朝、矢幡さんは大屋に下見に行ってくれたそうだが、大屋は大正二年夏に村山槐多が京都から家出してきて真っ先にむかった土地である。当然のことながら槐多が流連していた頃にくらべると、そのあたりの風景はずいぶん変わってしまっているが、あの大屋橋ふきんの風景だけはそれほど変わっていない。槐多の絵のパトロンだったという「安楽旅館」はもうとっくに廃業してしまっているが、そのあとにひらかれたという小料理屋の建物はまだのこっているし、槐多がよく遊びに行っていたという「綿屋」（三十年前にここで槐多のデッサンが大量に発見された）の土蔵や、やはり槐多が時々スケッチに通っていた大屋神社、その裏の土手の風景はほとんど手つかずでのこっている。

槐多はこの大屋あたりをほっつきあるきながら、こんな詩を「信州日記」のなかにのこした。

朝上田の方面を歩いた
太郎山にかけての野は実にいい野だ
ああ美しきかな

今日はすばらしく上天気だ
上田へ行き、松茸を買ひ帰りは歩いた
上田はいい町だ
かへれば俺の絵のエハガキが来て居る

上田へケントと木炭紙を買ひに行く
山にすこし金粉がかかっていい景色だ
かへって頭を刈った
大屋の町には兵隊が沢山来た

この近くには、村山槐多の十四歳ちがいの従兄弟にあたる画家山本鼎の生家がある。鼎の父の山本一郎は、森鷗外の父静男の家で書生として働きながら医学を学び、明治三十一年にここへやってきて漢方の病院を開業した。そんな縁があって、鼎もまたパリでの留学生活を終えて帰国したのち、何度かこの大屋の「山本医院」に逗留して、その後この界隈を席巻する農民美術運動や自由画運動の計画を練っている。つまり鼎と槐多にとって、この大屋という土地は自らの画家人生におおいなる影響をあたえた記念碑的な地であり、いわば画家としての出発点であるともいえるのだ。

「私も今まで不勉強で、ちっともそんなことを知らなかったんですが、今回この仕事をひきうけたんであらためて館長さんの本を読んでみましたら、へぇ、山本鼎や村山槐多が本当にこの土地を歩いたのかと、エラク感動しちゃって……」

矢幡さんはヘルニアの腰をさすりながら眼をクリクリと動かす。

しばらく矢幡さんと鼎談義、槐多談義の花を咲かせていたら、そこに信濃毎日新聞社出版局の編集者山口恵子さん（今まで何冊も私の本を出して下さった人）と、装幀デザイナーの青木和恵さんが到着。いよいよ具体的な本づくりの話に入る。

私はもう原稿の三分の二は山口さんに渡していたので気がラクだったが、大変なのは矢幡正夫さんである。何しろヘルニアという爆弾をかかえての仕事である。これまですでに、そんな体調不良を押して大屋、軽井沢、上田市内等々、鼎と槐多ゆかりの場所を何十枚も撮影してくれているのだが、まだまだ当人は納得がゆかないらしく、残りの撮影はヘルニアの手術を終えたあと再開する予定だという。

「でも、あまり無理なさらないで下さいね。お身体が一番大切ですから」

恐縮してそういう山口さんのそばから
「私、やっぱりこの本の勝負は表紙の写真だと思っているんですよ。どうか、いい写真撮って下さいね」

デザイナーの青木さんがプレッシャーをかける。

青木さんは矢幡さんのヘルニアより、出版される本の表紙のほうが何倍も心配、といった口ぶりだ。

青木和恵さんは、これまで同じ新聞社から出た「鼎と槐多」や「信濃絵ごよみ人ごよみ」、京都のかもがわ出版から出た「京の祈り絵祈りびと」といった本でもお世話になっている人だが、私が全幅の信頼を寄せている装幀家の一人である。

どんな仕事にも一冊入魂の編集者、情熱あふれる装幀家、それに加わる純情無垢なる郷土写真家、こんどの本はいい本になるな、と直感する。

二月一日（木）　盛岡満員

岩手県盛岡駅のすぐ裏手にある市民文化ホール「マリオス」で、今日から「無言館所蔵作品による戦没画学生『祈りの絵』展」が開幕。午後二時から同館小ホールで私の記念講演会がひらかれるため、前夜おそく駅前のビジネスホテルに入る。

盛岡は思い出がいっぱいつまっている町である。

私は三十年前に水商売から百八十度進路変更して画廊経営に転じた男だが、そもそも一番最初に私に「美術」の魅力を伝授してくれたのは、たまたまある画家の紹介で知り合った盛岡市内にあるD画廊の主人Uさんだった。盛岡のD画廊といえば、地元在住の若手作家の育成のみならず、今では国際的に活躍している実力作家の才能をも早くから発掘し画壇に送り出してきた名門画廊で、私もUさんから数多くの画家の仕事について教えてもらった。少年時代を盛岡ですごした難聴の夭折画家松本竣介や、盛岡中学で竣介と同級だった彫刻家の舟越保武、奥さんが盛岡市近郊の日詰の出身だった近代を代表する画家靉光《あいみつ》等々、私にとってUさんの語る一人一人の作家像、作品論は、そのまま私自身が将来進もうとしていた画廊経営の道のバイブルになったものだ。

とくに忘れられないのは、昭和五十年の春だったか、私がはじめて東京渋谷の自分の画廊で

「松本竣介展」を企画したとき、Uさんが親身に協力してくれたことだった。Uさんは私に同行して全国各地のコレクターの家々をあるき、いっしょに頭を下げて主な竣介作品の出品をお願いして下さった。おかげで展覧会は多くのマスコミに取り上げられ、私の画廊は一躍世間に名が知られるところとなった。「議事堂のある風景」「ニコライ堂」「Y市の橋」「運河風景」「有楽町駅附近」……今でも眼をつぶればうかんでくる竣介の名作の数々が、猫のヒタイほどのオンボロ画廊の壁にズラリとならんだときには、正直私はもういつ死んでもいいというくらいの感動をおぼえたものである。

そう、そう考えれば、(多少エラそうな言い方になるけれど) 現在の私があるのは、あのときのUさんのあたたかい導きがあったからこそといってよかったろう。

しかし、そのUさんとももう何年も会っていない。酒場のマスターから画廊経営者に衣がえした男は、やがて信州に「信濃デッサン館」や「無言館」を建設、戦時中に離別していた有名作家の父との再会を契機に物書きへとさらに転身した。そんなあわただしい世渡り生活のなかで、いつのまにかUさんとも年始や暑中見舞の社交辞令を交わすだけの仲になってしまっている。恩をまるで忘れてしまったわけではないのだが、自分自身の上昇志向に追われているうちに、お世話になった足もとの人々がいつのまにか遠ざかっていってしまったとでもいえるだろうか。

人伝てにUさんのD画廊は今も健在ときいているが、Uさんはたしか私より何歳か上の人だったから、もうそろそろ古希に達しておられるかもしれない。

この日、私は講演の壇上にのぼるとすぐ、「盛岡のこと」「Uさんのこと」から話をはじめた。もちろん、その日の演題は「無言館のこと」だったから、あまり寄り道の話をするわけにはゆかなかったのだが、私はふだんよりていねいに自分と「美術」の関係について、いや自分の「美術」に対する考えや意識の出自についてしゃべった。自分がどんなふうに「美術」に近寄り、どのような経緯をへて「美術」を人生の糧《かて》にしていったか、それをできるだけ正直にしゃべった。これまで数え切れないくらい「無言館」についての講演をしてきたけれども、おそらく今日の私が語った「無言館と自分」が一番正確な姿だったのではなかろうか。

つけ加えると、この日の盛岡「マリオス」小ホールの講演会場は、どうしたわけか収容人員の三倍以上という超満員状態で、入場できなかったお客さんがロビーにまであふれ、主催者側があわてて場外用のモニターテレビを持ち出したほどだった。展覧会を主催してくれた岩手日報社の人にきくと、こんな状況は何とかいう有名演歌歌手がここを使って以来、というからおどろく。

それもこれも、松本竣介や舟越保武、宮澤賢治や石川啄木を生み出した盛岡の神通力、いや、どこかで今も私をみつめてくれていたはずのUさんのおかげ？

二月十八日（日）「絵をみるヒント」

群馬県邑楽町の「邑楽町立図書館」で「絵をみるヒント」というテーマで講演。昨年末に白水社から出した同名の本からとったテーマである。

この本は、いってみれば美術鑑賞の初心者むけテキストといったもので、私のこれまでのつたない美術館経営の体験から得た、私なりの「絵の見方」の指導書というか、指南書というか。したがって、私の講演も当然その本に書かれた「絵とは何か」からはじまり「絵とは何のためにあるか」をへて、「だから絵はすばらしい」というゴールにむかうはずだったのだが、話しだしたらどうもうまくまとまらない。本のなかではちゃんと判って書いていたはずなのに、口から出してしゃべるとどうもうまく説明できない。

つまり、どうやら講演している私自身が、「絵とは何か」、いや「絵をみる」ということがまだよくわかっていないらしいのである。

そもそも、「絵をみる」という行為は「よくわからないものをみる」ということではないのか。もっというなら、絵のなかにある「わからないもの」をさがす行為が「絵をみること」なのではないのか。

たとえば、松本竣介の絵にある「静けさ」、野田英夫の絵にある「さみしさ」、村山槐多の絵にある「死への憧れ」、関根正二の絵にある「生をもとめる心」、どれもが、画家たちが描いた絵の色彩、描線、形態、明暗、陰影のなかにぬりこまれ、溶かしこまれ、ときとして変形されたり、歪められたりしている「隠し味」のようなものだ。絵をみるという行為は、何気なくそこに描かれた風景や事物や人物のなかから、その「隠し味」をさぐり当てる行為のように思われる。

そして、そうした「隠し味」のありかがわかりにくければわかりにくいほど、その絵の魅力が深いということにもなる。

逆にいえば、一目みて「キレイな花」とわかったり「美しい風景」とわかったり、あるいは「正義を訴えている」「悪を憎んでいる」とすぐに理解できる絵は、どちらかといえば芸術作品としてじゅうぶん昇華されている絵とはいえないのかも。なぜなら、そうした絵は見るがわの人間から、画面の奥にある「隠し味」を発見する娯しみ、何より絵画鑑賞の最大の醍醐味である、画家が何を伝えたくてそれを描いたかを空想するスリリングな娯しみをうばっているからである。「美しさ」の奥にある「醜さ」、反対に「醜さ」の奥にある「美しさ」、それをさがす旅が「絵をみること」であるとするなら、一筋縄ではゆかぬほど素直でない絵、画家がウラで何を考えているのかわからない絵こそが、鑑賞者をよろこばす一級作品のように思えてくるのだが、私見にすぎるだろうか。

その点、どうも最近の世の中の風潮は「わかりやすいもの」を歓迎し、ちょっとでも「わかりにくいもの」を敬遠する傾向にあるようなのだが。


とまぁ、そんなことをポツリポツリと話し終えたあと、邑楽町立図書館長の長谷川安衛さん、事務長の石原照盛さん、図書館に隣接する「加藤病院」の院長夫人で同町の教育委員長をつとめている加藤一枝さん、その他いつも私の講演会にきてくれる地元有志の方々と、町内の洋風居酒屋さんにながれて「打ち上げ会」をひらく。

指を折ると、ここ邑楽町立図書館における年一回の私の講演会は、何と今年で連続十回めを数えるそうだ。それもひとえに、卓《すぐ》れた抒情詩を書かれる詩人でもある長谷川館長や、参謀の石原さん（本業は何とご住職！）や加藤さんの熱心な運動によって実現してきたことなのだが、何しろ地方行政の文化催事費が片っぱしから削られている昨今であることは周知の通りで、いつまでこの町にお招きいただけるやら。

でもこの日の「打ち上げ会」に、元邑楽町の住人で、今は英国青年ハランデル君と結婚して宇都宮に住んでいる旧姓中山美樹ちゃんが、夫君ハランデル君と同伴で出てきてくれたのは嬉しかった。しばらく会わぬうちに、美樹ちゃんはいつのまにか一児のお母さん、しかしニッコリ笑った丸い愛嬌顔はちっとも変わっていない。昔は私の講演会の追っかけでは一番若い娘さんだったけれど、もういくつになったのかしらん。

五年ほど前、信州の「信濃デッサン館」裏の前山寺で仏前結婚式をあげたときの、美樹ちゃんの初々しい花嫁姿を思い出す。

二月二十五日（日）　下駄の話

今日は第二十八回「槐多忌」の日だ。

年間をつうじて、わが「信濃デッサン館」最大のイベントといえば、やはりこの毎冬二月の第四日曜日に開催される「槐多忌」だろう。いうまでもなく、大正八年二月二十日に二十二歳五か月で夭折した詩人画家村山槐多をしのぶ集いである。

「忌」といっても内容はきわめて簡単で、館のすぐ下にある村の小さなコミュニティホールに、北から南からやってきた約二百人ほどの参加者が集い、毎回顔ぶれのちがうゲストによる講演会や座談会を聴いてもらったあと、三々五々「信濃デッサン館」の庭に移動してささやかな酒宴をひらく。身の丈ほどもある大きな火柱があがる焚火をかこんで、近所の農家の方々が手分けして準備してくれたトン汁に舌鼓をうち、やはり差し入れされた地酒や甘酒を味わいながら、たがいに自己紹介しあい、語りあい、笑いあい、時を忘れて和気藹々のひとときをすごすのである。

これまでゲストにお招きした人々も多彩で、公私立を問わぬ個性派美術館の館長さんや学芸員さん、美術評論家さん、たまには文学界、芸能界、音楽界といった異領域で活躍する人たちをお迎えすることもある。たとえば二十八回にもおよぶこれまでの「槐多忌」には、俳優の大滝秀治さん、女優の浜美枝さん、黒柳徹子さん、映画監督の大島渚さん、同じく篠田正浩さん、服飾評論家のピーコさん、画家の横尾忠則さん、作家の加賀乙彦さん、司修さん、辻井喬さん等々、数えあげたらキリがないくらいの有名文化人がかけつけて下さっている。交通費、宿代の他には一切お礼らしいお礼も払えない貧乏待遇なのだが、それでもなぜか、この「槐多忌」には万障繰り合わせてやってきて下さる方が多いのである。

これはやっぱり村山槐多という、大正画壇を流星のようにかけぬけた夭折画家の魅力に惹かれてのことなのだろうか、それとも、どちらかといえば美術史上のカゲに隠れがちな早世画家たちの顕彰につとめる、わが「信濃デッサン館」の社会意義を認めて下さってのことなのだろうか。

毎年かならず顔を出す北海道からのお客さんが、

「どうして毎年毎年、こんな豪華なゲストにきてもらえるんですか？　やっぱりクボシマ館長の魅力？」

なんていっていたが、まさか。

さて、今回の第二十八回「槐多忌」のゲストは脚本家の内館牧子さんと俳優の寺田農さんである。

じつは内館さんは、まだ本格的に放送界にデビューしていなかった新人雑誌記者時代、つまり「信濃デッサン館」が開館してまもない二十数年前に、何とこの私にインタヴューをしにきてくれたことがあった。

覚えていらっしゃいますか、ときくと

「もちろん覚えてますとも。あの頃は秋田から出てきて、大学は出たけれど満足な仕事がなくて、といった時期でしたけど、この美術館にクボシマさんを訪ねた日のことはよくおぼえています」

とのこと。

そう、そういう意味でいえば私だってあの頃は若かったと思う。西も東もわからぬまま、夢中で銀行から借金してつくった「信濃デッサン館」だった。内館さんのインタヴューにどう答えたのかわからなかったが、さぞ肩に力の入った幼い受け応えをしていたにちがいない。内館さんも「あの頃は若気の至りで失礼な質問をしていたんだと思います」といっていたが、私だって同じ「お互いさま」の心境なのである。

寺田農さんとは初対面に近かったが、げんみつにいうとお父上の故・寺田政明画伯のご子息として、何度か銀座や京橋の展覧会場で遠くから姿を拝見したことがあった。テレビや映画では渋い中年刑事や父親役をこなす名優として知られているが、実際の寺田さんはどこかに含羞をひめた文学青年、あるいは演劇青年といったかんじのする魅力的な人だ。また、苦味ばしった男らしいマスク以上に、「朗読の名手」として定評ある低音の声がステキだ。今回の「槐多忌」では、その寺田さんに村山槐多の詩か、宮澤賢治の詩を読んでもらおうという当方の魂胆なのである。

「父から時々クボシマさんの話はきいていましたよ」

寺田さんは寺田さんのほうからそう声をかけてきて下さった。

父上の寺田政明画伯は「池袋モンパルナス」で靉光や小熊秀雄らと一時代を画した個性派の画家で、私も生前の寺田画伯には何かとお世話になった者の一人だ。板橋区前野町のお宅に画伯所蔵の小熊秀雄作品をお借りしに行って、夜おそくまで「池袋モンパルナス」時代の思い出をきかせて下さった日の温顔がなつかしい。

ところで、私は例年「槐多忌」にはチャンチャンコと下駄といったスタイルで通しているのだが、いつのまにかそれが「槐多忌」名物（？）になっているらしい。

私が講演会場から素足に下駄履きの姿で帰ってくると
「あら、相変わらずお若いですねぇ、足が冷たくないんですか？」

妙齢のご婦人から声がかかる。

「いや、この程度の寒さなら平気ですよ」

私は粋がってそうこたえたが、じつをいうと、もうそろそろ年貢の納めどき、来年あたりから は靴を履こうかなと思案しているところなのである。

気がつけば、私も今年六十六歳だ。

これを「年寄りの冷や水」「ダテの薄着」といわずして何といおう。ムリをして大風邪をひいたりシモヤケになったりしたら、元も子もないではないか。

だいいち、それでなくても高血圧、心臓疾患が心配されている身体である。足もとの冷えも禁モツだし、寒冷期の薄着はなるべく避けねばならない病い持ちの高齢者であるのだ。せめて次回の「槐多忌」からは、素足ではなく足袋ぐらいははくほうが健康にいいにきまっているのである。

しかし

「お若いですねぇ」

の声がかからなくなるのは何ともさみしい。

「素足ですか、カッコいいですねえ」

といわれなくなるのがシャクだ。

スーパーでホカロンつき下駄なんていうのは売ってないのだろうか。

二月二十八日（水）　オリーヴ到着

パレスチナからオリーヴが到着。

そういっても、何のことかわからないだろうけれど、長くイスラエル・パレスチナ問題をテーマに表現活動をされている彫刻家の八鍬瑞子さんが、私からの依頼で戦地パレスチナで「生」をうけたオリーヴの苗木百本を、現地から輸入して下さったのである。このオリーヴの苗は、ついに今夏着工されることになった「無言館」の第二展示館（今のところ「傷ついた画布のドーム」という名にするつもりでいる）に併設される図書館（こちらの名は「オリーヴの読書館」）の庭に植栽されることになっている。

なぜわざわざパレスチナからオリーヴを？　と問われれば、例によって私のほんの思いつきからきたパフォーマンス、としか答えようがない。

開館当初、約三十名の画学生約百点の収蔵作品でスタートした「無言館」は、その後全国から寄せられた情報や独自の調査によって、画学生数百余名、収蔵作品数約六百点という大世帯にふくれあがっている。当然のことながら、現在の「無言館」の手狭なスペースではそうした作品や資料のすべてを展示するわけにはゆかず、せっかく館に足を運ばれても血縁者の画学生の絵と出会うことができないご遺族も多い。そんな人たちから「ぜひ第二展示館を」という声があがったのも無理からぬことだったのだ。

で、いよいよ今年の七月末から、今の「無言館」の駐車場近くに、第二展示館「傷ついた画布のドーム」を建設することになったわけなのだが、そのとき私はふと、その展示館に小さな図書館を併設してみたい、という衝動にかられたのである。志半ばで戦地で亡くなった画学生たちの絵がならぶ「無言館」のかたわらに、平和を祈り愛をうたう絵本、童話、漫画、民話、詩画集、詩集……時代を背負う青少年たちに読んでもらいたい本でうずまる私設図書館ができたらどんなにすばらしいだろう。

そして、その図書館の庭に、今もって不条理な民族間紛争がつづく戦地パレスチナから運んできた平和の象徴の樹、美しいオリーヴの苗が植えられたら……。

ま、そんな私の持病ともいえる突発性「夢想癖」(?)に、一番ふりまわされたのは八鍬さんで、ろくろく現地の政治状況や輸送システムも知らない私が発注した「オリーヴ」のために、忙しいご自分の彫刻の制作の合間をぬって急ぎパレスチナへ。

八鍬さんとは、彼女がまだ故人となられた彫刻家井手則雄さんのお弟子さんだった頃からのお付き合いで、彼女と共同で企画した展覧会やシンポジウム、講演会、もちろん彼女自身の個展は数知れない。二人で井手さんの遺作展の開催や遺作集の出版に奔走したこと、そのときに井手作品を「信濃デッサン館」に大量寄贈して下さった思い出は今も忘れられない。そんな八鍬さんと私の仲だからこそ、彼女は今回の私の「夢想癖」を真剣にうけとめてくれたのだろうとも思う。

とにかくそれからは、現地から逐一「オリーヴ輸入大作戦」の進行状況を八鍬さんが国際携帯電話で知らせてくれたのだが、私はただただ遠い日本で彼女の孤軍奮闘を見守るしかなかった。エルサレム(最終的にはカルキリヤというところだったが)の植木業者との交渉から、パレスチナでの運送会社の手配、苗木の梱包と荷造り、さらに日本の農水省の輸入許可証、および検疫証明書の申請等々、八鍬さんのがんばりと、これまでにも何度となく現地で展覧会をひらいている彼女の人脈がなければ、とても注文してからわずか三か月後に、信州に「パレスチナのオリーヴ」がとどくなんてことは実現しなかったにちがいない。

何しろ日本から数千キロ離れた中東の、今も間断なく自爆テロと殺りくがくりかえされている悲劇の紛争国から、「オリーヴの苗」百本が一苗として欠けることなく私たちの手にとどいたのだから。

ありがとう、八鍬さん。

ありがとう、パレスチナのオリーヴ。

ところで、こうやって綴っていてふしぎな気持ちになるのは、何と「無言館」は幸せな美術館かということだ。

何だかんだといっても、開館十年めになる今年、ついに「無言館」は第二展示館（しかも図書館が併設されるという豪華版だ）の建設に着手するのである。そして、その建築資金は第二展示館の建設に賛同してくださったご遺族、あるいは戦没画学生の学友や先輩後輩、開館以来「無言館」を応援してくださった方々、その他諸団体からの寄附金、協賛金によってまかなわれる。開館時に「人格なき任意団体」というノンプロフィット（税優遇組織）の資格をあたえられた「無言館の会」に入金されるそうした収入は、もちろん「無言館」のためにしか使えないお金である。何度も何度もいってきたように、それを隣の「信濃デッサン館」の運営に回すわけにはゆかない。

したがって、「無言館」の第二展示館「傷ついた画布のドーム」や「オリーヴの読書館」の建設はうれしいのだが、同時に「信濃デッサン館」館主でもある私の心境はふくざつきわまりない。

　第二展示館の建設に着手した「無言館」の隆盛のよこで、すでに「信濃デッサン館」は再起不能に近い死に体になっている。いつ息をひきとるかわからない瀕死の状態におちいっている。だが、この二つの美術館は、明らかに一つの生命のなかにあるはずの美術館なのだ。「信濃デッサン館」があったからこそ「無言館」が生まれたのであり、「信濃デッサン館」がなければ「無言館」の存在もなかったはずなのだ。

　どちらの生命をも生き永らえさせる方法はないのだろうか。

春へ（三月—五月）

三月八日（木）　袋町ひっそり

最近、上田きっての繁華街である市内袋町の飲食店が次々に店をとじているという噂をきく。なかには私も何回か行ったことのある店もある。「不況」「不景気」はジワリジワリと、そうした庶民の足元にもしのび寄りはじめているのである。

そういえば、私も最近あまり袋町に出かけない。

半分は年のせいで、半分はフトコロ具合のせいである。五十をこえたあたりからめっきりと酒量も落ちたし、ちょっと飲みすぎると翌日の仕事に差しつかえるようになった。また、何といっても今は「信濃デッサン館」が休館中の身である。何となく日々の小遣いも倹約しようと心がけているし、だいたいどこで飲んでいても今一つ気分が盛り上がらない。それやこれやで、最近はほとんど夜遊びをしなくなったのである。

私が上田にきた頃は、まだまだ袋町は元気だった。

粋な女将が人気でカウンターがいつも常連客で満員だった「S亭」、ママのおふくろ料理が自慢だった「H亭」、愛くるしい姉妹のサービスが売りだった「Fちゃん」、ブスッとしたおやじがつくる創作カクテルがうまかったバー「K」、当時は私も若かったから、調子のいいときは二軒も三軒もハシゴをしたものだ。上田の飲み助にとって、袋町はまさしく日々の憂さを忘れさせてくれる「オアシス」といってよかったろう。

そんな店々が、あちこちで閉店を余儀なくされているときくと心が痛む。

私も同じような稼業（小酒場）をやっていた人間なので、何だか身につまされる。

それは、こうした昨今の盛り場の衰退が、かならずしも世の中の経済不況だけを原因にしたものではないような気もするからである。わが袋町（袋町だけじゃないけれど）から往時の賑わいが消えたのは、たんに「不景気」に見舞われたからというのではなく、店のほうにもいわゆる「飲み屋」としての魅力というか、ついこのあいだまであった「飲み屋」のアイデンティティがなくなったからではないのかと。

「飲み屋」のアイデンティティというと大仰だけれど、「飲み屋」には「飲み屋」の沽券《こけん》というかプライドがあって当然である。ついひと昔前までは、「いくら金をもらってもそんな客は出入り禁止」だとか「文句をいうなら帰って」なんていうおっかない店があちこちにあったし、そのかわり仕事上の悩みで落ちこんでいたり、失恋してしょんぼりしたりしていると、「まぁ今夜は店がおごるから元気だしなよ」なんていってビールを注いでくれる主人や女将がどこにもいたものだった。そこには「酸いも甘いも」知りつくした人生の先輩がいて、その時々に応じて客の心を慰め、なごませ、励まし、ときとして叱ってくれたのである。

「飲み屋」から、そんななつかしい光景が消えて久しい。

いつのまにやら、どこもかしこもただ「飲ませ」て「食わせ」てお金をとるだけの店ばかりになった。一片の愛情とてない「いらっしゃいませ」で客をむかえ、マニュアル通りの無味乾燥な「ありがとうございます」で客を送り出す、いってみれば食糧配給所のような店ばかりになった。利益優先の店は、何の責任ももたないバイト店長とパート従業員だけでまかなわれるようになり、客もそれ以上は何も期待しないただ「飲んで」「食べて」帰るだけの客になってしまったのだ。

私ならずとも、世の飲み助どもが盛り場に足を運ばなくなった理由がわかるというものだろう。

今日、こんなことを書きたくなったのは、ほぼ一年ぶりかで地元新聞の女性記者（もちろん若くて美人！）といっしょに夜の袋町にくり出したから。

以前は月に一、二度は通っていた老舗の寿司店「T寿司」でたらふく食べたあと、すぐ近くのショットバー「Y」へ。

この店は、新聞社や芸術文化関係の人がよく来る店だそうだが、私は知らなかった。まだ若いマスターは私の顔を知っているらしく、しきりと笑顔で話しかけてくれたが、かんじんの私の美術館へはまだ一度もきたことがないとのことで

「ボク、信濃デザイン館って、きいたことがありますよ」

といわれたのにはギャフン。

マスターは生粋の上田育ちの青年で、地元ではちょっと「文化」にはうるさい人だそうだけれど……。

私はかねがね、地方都市の「文化」をささえるのは、けっして文化会館や美術館や博物館といったハコモノ施設ではなく、何でもなく町内にある「書店」であり「レコード店」であり「映画館」であり、そして「飲食店」であるというのが持論である。地方に住む人々にとっての「文化」の供給源は、「希望する本がすぐ手に入る書店」「ほしいCDやDVDがすぐに買えるレコード店」「観たい映画をすぐ観ることができる映画館」、そして「いいふんいきで美味しい食事や酒がたのしめる飲食店」があればじゅうぶん、つまりそうした「文化」の基本的インフラの完備こそが大切と考えているのである。

そう、「文化」の匂いのする町には、かならず「いい本屋」「いいレコード店」「いい映画館」、何より「いい飲み屋」があるものなのだ。

「Y」のイケメン・マスターに、私はひとしきり、そんな「飲み屋」文化論をぶったつもりなのだが、三杯めの水割りあたりで舌がもつれてうまくしゃべれなくなった。

三月十五日（木）　人事委員会

前にものべたように、私は二年半ほど前から長野県の人事委員をつとめている。現在の長野県知事は村井仁氏に変わっているが、私は前任の田中康夫知事から拝命をうけた人事委員である。

ちょっぴりムツカシクいうと、人事委員会とは「地方公務員法にもとづいて都道府県や指定都市に設けられる地方公務員の人事行政を監督する機関」。

今日はその「人事委員会」がひらかれる日で、朝早く車で美術館を出て長野高速道路を使って長野市の県庁へ。

委員会に出席するたびにタメ息が出るのは、何と自分は「事務処理能力」「議事進行能力」に欠けている人間だろうかということだ。

とにかく、会議が始まってから終わるまでのあいだ、私は手元に配られた資料コピーに眼を通すだけで（その内容を理解するだけで）精いっぱい。とてもじゃないがその日の議題に気のきいた意見をのべたり、その可否に正確な採決を下したりする心の余裕なんかない。早いはなし、クラスに一人落ちこぼれの生徒がまじっているようなもので、議事の進行にまるでついてゆけないのだ。ことに「給与」とか「賃金」とかいった問題になるとサッパリで、ときどき事務局の方々が読んで下さる「人事院からの給与勧告」とか「賃金体系の見直し」なんていう事柄は、何が何やらチンプンカンプン、頭の外をスルスルと通りぬけてゆく。

考えてみれば、十代の頃にいささかの勤め人時代があったとはいえ、二十代初めから水商売に手をそめ、その後は画廊経営、美術館建設へと唯我独尊（?）の道をあゆんできた私には、いわゆる組織に属する勤労者としての労働の「実体験」がほとんどない。「公務員の職務」と「民間会社員の職務」の違いや、その「身分」や「立場」の違いについてだって、わかっているようで半分もわかってはいない。「給与」や「ボーナス」に関しても同様、公務員の役職や地位に応じて支払われる「特別給」や、生活環境に即して支払われる「住宅手当」や「寒冷地手当」なんていうお金は、少なくとも私があるいてきた人生のヤブ道には、一銭たりとも落ちてはいなかったのだから。

ただ、心強いのは両隣にいる市村次夫委員長、小柳伸一委員が、そうした私の多少ゆがんだ

（?・）「世の中知らず」をじつに上手にフォローしてくれることだ。

とくに市村さんは、長野県内では知る人ぞ知る上高井郡小布施町の名門酒造会社「小布施堂」（栗菓子でも有名）の総帥で、現在小布施町が「北信濃きっての文化の町」として脚光をあび、四季をつうじて観光客が絶えないのは、市村さんの実業家としての才腕もさることながら、地域おこしプロデューサーとしてのバッグンのセンスが大きく影響しているのではないかというのが大方の評判である。

その市村委員長が、ときとして脱線しがちな私の意見を
「さすがクボシマさんですねぇ、そこまでは気がつかなかった」

とか
「なるほど、そりゃその通りですよ」

とかおだてて、さかんにヨイショして下さる。

ときには、ちょっと議題が芸術文化系の話におよんだ際になど
「クボシマさん、どう思います?・」

なんて絶妙なタイミングでフッて下さる。

おかげで私の空ッポ頭にも、その一瞬だけ思いがけないアドレナリンがわき出ることがあって、たまに委員会が大いに盛り上がるお手柄の発言をしたり、われながら実に明晰な裁断を下

したりするケースもあるのである。

しかし、今日の会議はいつもの倍くらい疲れた。

田中前知事時代からつづいている「中国産ハルサメ」問題（県が中国産ハルサメに有毒物質がふくまれていると誤認した検査結果をマスコミに公表して業界に損害をあたえてしまった事件）の結着がようやくつきかかったと思ったら、こんどはやはり前知事時代にセクハラ事件で懲戒処分をうけた県立高校の先生が、その処分は不当と主張してわが人事委員会に「不服申し立て」をしてきたのだ。こういう問題はなかなかムツカシイ。こっちの言い分もわかるが、あっちの言い分もわかる、真実は神のみぞ知るとはこのことだろう。今日はそれを受理するか否かでケンケンガクガクだった。

「何だか最近は、めっきりこういう不服申し立てが多くなったような気がしますね」

と私がいうと
「まあ、公務員さんだって人間だからね」

ちょっぴり意味シンな言い方をする小柳委員。

今日のような議題で一日じゅうふりまわされると、上田まで帰る車のハンドルがやたらと重くかんじられる。

三月十七日（土）　早春スケッチ

朝早くから、外がさわがしい。

窓をあけると、「信濃デッサン館」の前庭、裏庭で何人もの男女がスケッチブックをひろげている。

美術館が開館していたときも、そういう団体の姿はよくみられたのだが、休館中の館の庭で絵を描く人たちをみかけるのは初めてである。

「どちらから？」

と問うと
「東京です」

と年輩の女性の一人がいう。

きけば、東京都下M市の「M市絵画クラブ」の会員さんたちだという。

はて、「M市絵画クラブ」というと、あの先生のいるクラブじゃなかったかなと思っていると、ふいによこから
「お久しぶりです。またご厄介になります」

春陽会会友のSさんがニッコリとわらいかけてきた。

Sさんとはずいぶん以前からのお付き合いである。

たしか私がアマチュア画家の集まりである「M市絵画クラブ」の招きで、市の文化ホールで講演をさせていただいたのは十年近く前のこと。Sさんは長野県飯山出身の「信濃デッサン館」創設時からよく顔を出して下さっていた絵描きさんで、現在はM市にお住まい。そのSさんの紹介で、Sさんが顧問をされている「M市絵画クラブ」の創立三十周年の記念講演の講師にご指名いただいたことを思い出す。

「M市絵画クラブ」は、その翌年から二、三年に一度の割合で、「信濃デッサン館」へ写生旅行にきてくれるようになった。

わが館の周辺の風景は、「M市絵画クラブ」の会員さんにはきわめて好評なようで、ここの風景は何度描いても飽きることがないのだそうだ。ことに三月半ばの今頃になると、前山寺の参道の樹々や独鈷山の山肌がはんなりとした緑色にそまり、遠くにのぞむ山々の頂きが春ガスミのなかに水彩画のようにうかびあがる。そんな塩田平一帯の景色は、会員さんの絵心をくすぐってやまないモチイフになるのだという。

「好きですねぇ、私は、ここの風景が」

とSさんはいう。

「とくにお寺の参道からみる『信濃デッサン館』は絶品ですよ。デッサン館を描いたスケッチだけで、もう何十枚もたまっているんです」

Sさんだけではなく、クラブの展覧会には毎回のように「信濃デッサン館」の姿を描いた作品が出品されているというのだ。

お世辞半分にしても、こんなにうれしい言葉はなかった。


いわれてみれば、「信濃デッサン館」を描くアマチュア画家は多い。

開館当初はトーフを角切りにしたみたいな愛想のないブロック造りの建物だった「信濃デッサン館」だが、三十年近く経つうちに建物全体をうっそうとしたツタがおしつつみ、中央の木製扉もほどよい古色をおびはじめて、それはそれなりに貫禄のある佇まいを呈している。初めの頃は殺虫箱のゴキブリホイホイそっくりと揶揄されていたみすぼらしい建物が、三十年という歳月のなかで徐々に醸成され、いつのまにか周辺の風景と一体化するような「風情」を身につけつつあるといっていいのだろう。

アマチュア画家ならずとも、ふらりと喫茶室に立ち寄った旅行者が、帰りぎわに美術館をふりかえって、思わずナフキンの隅にスケッチのペンを走らせる気分もわからないわけではないのだ。

それでは、「無言館」のほうはどうだろうか。

ふしぎなことに、相変わらず一日じゅう千客万来の「無言館」なのだが、あまり美術館の周辺でスケッチをしている人をみかけることはない。たぶんそれは、館前の駐車場が大型バスやマイカーで混んでいて、前庭のベンチや慰霊碑のまわりにも絶えず団体客らの輪ができているあわただしいふんいきのなかでは、のんびりスケッチする気になんかとてもなれないというのが本当のところなのだろうが、それにしてもこれまでに、館の前で絵を描いている人をみかけたのがほんの数回というのはさみしい。

そのことについてSさんはこういう。

「そうねぇ、無言館もいいけどねぇ、でもあの美術館はちょっと僕らには重すぎるんですよ。館に飾られているのが絵を描きたくても描けなかった画学生たちの作品かと思うと、なかなかスケッチする精神状況になれない。それにくらべると、デッサン館にはスッと入ってゆける気軽さのようなものがあっていいんです」

やっぱりそれは、「信濃デッサン館」そのものがデッサンみたいな存在だからかもしれませんね、とSさんはいう。

それも何だか、私の泣き所をちゃんと知っているみたいなステキなホメ言葉だった。

私は思わず

「みなさんお帰りに喫茶室にお寄りになりませんか。今日は休館中なんですが、特別に僕の昔とった杵柄のコーヒーをごちそうしますから」

なんていってしまった。


コーヒー代金はおごりといったつもりだったのだが、「M市絵画クラブ」総勢十二名の方々が喫茶室から引き揚げるとき、幹事さんとみられる中年の男性が私のところにやってきて、

「これ、私たちの会からのカンパです。じつはこちらに伺う前からみんなで用意してきたものなんです」

と、何枚かの紙幣が入っていると思われる封筒を私に手渡そうとする。

「それは……」

私が辞退しかけると
「お受け取り下さい。S先生も私たちも、何とか信濃デッサン館を再開してほしいとねがっているんです。みんな、ここにくるのをたのしみにしている連中ばかりですから」

幹事さんはそういって引き下がらないのである。

館の前庭に出ると、ちょうど一行を乗せたバスがブルブルとエンジンをかけはじめていて、入り口の近くでスケッチブックをバタバタとふっているSさんの姿がみえた。

三月二十六日（月）　夢のつづき

ついこのあいだみた「迷子になった夢」のつづきをみる。

今回の「夢」には同行者が何人もいる。

それはいつも美術館でいっしょに働いてくれている若い館員だったり、付き合いのある画家だったり、しばらく帰っていない東京の留守宅にいる妻だったりする。身体がようやく一人入るせまい道を必死にあるいていると、前をゆく館員が「館長、美術館はこっちらしいですよ」と指さしたり、鉛筆画の名手として知られる木下晋という口ヒゲの画家が（なんで彼がでてきたんだろう）、私とならんであるきながら「もうそろそろ引っ返そうや」「ムリせんほうがいいよ」と耳もとでボヤいたり、肥った妻が「あなた、そっちへ行ったらダメでしょ」「こっちでしょ」と半ベソをかきながらわめいているのがきこえる。だが、かんじんの私の足が思うように動かないのだ。行けども行けどもますます道がわからなくなり、目的地とする「信濃デッサン館」の姿はカゲもカタチもみえないのである。

ああ、自分はとうとう自分の美術館も見失ってしまった。自分が帰る場所さえわからない迷子になってしまったと、夢のなかで私は思った。

だいたい、私は何のために、何をするために「信濃デッサン館」にむかおうとしているのか、それもわからない。

ただわかるのは、そこに着きさえすれば自分が大好きな画家の絵と出会えるということだけなのだ。村山槐多や関根正二や松本竣介や野田英夫や靉光……自分の愛してやまない絵描きたちの作品が、そこで自分を待っていてくれるということだけなのだ。私がこうやって必死に「信濃デッサン館」にむかってあるくのは、ただそれだけの理由からなのである。

でも、どうしてその「信濃デッサン館」はこんなに遠くに行ってしまったんだろう。手のとどかないところに行ってしまったんだろう。

いくらあるいてもあるいても辿りつけない、まるで雲の上の城のような美術館になってしまったんだろう。


ジットリと寝汗をかいて起きると、部屋のドアをトントンと叩く音がする。

ドアをあけると、そこにドングリ眼玉の郷土写真家矢幡正夫さんが立っていて、現実にひきもどされる。

矢幡さんは依田窪病院でヘルニアの手術を無事に終えたあとは、すこぶる体調はいいようで、すでに私と二人で出す「鼎、槐多への旅」の写真はほとんど撮り終わっているとの知らせをうけている。そういえば今日は、午前十一時から「信濃デッサン館」の喫茶室で、信濃毎日新聞社の山口さんと矢幡さん、私とで最終の原稿のチェックをする日だったことをすっかり忘れていた。

「あらためて信濃デッサン館を撮ったら、なかなかいいのができましてね。山口さんと青木さんに頼んで、ぜひこれを採用してもらおうと思って」

矢幡さんはうれしそうに小脇にかかえたフィルムの束を私にしめした。

四月十日（火）「家族」について

朝日新聞全国版の「家族」シリーズの取材のため、同東京本社社会部のM女性記者が来訪。朝日新聞の「家族」シリーズとは、昨今「家族」という絆の意識がだんだん稀薄になりつつある核家族化社会のなかで、今も世の中のどこかに埋もれている多種多様な「家族」のありかたを紹介することによって、いわば現代における新しい「家族」像を模索しようというはなはだヤル気にみちた連載企画で、私も東京に帰ったときなどにはかならず眼を通す人気記事の一つである。

ただ、M記者が私にもとめているのは、どうやら私と父水上勉との再会劇を中心にした物語のよう。戦争中に生き別れた有名作家の父と戦後三十余年ぶりに再会した子どもが、その後どんなふうに成長し、どんなふうに自らの自我や自立にめざめ、どんなふうに「家族」に対する意識を醸成させ形成させていったか、といった点に焦点をあてた記事を書かせてもらいたいとのことだ。

正直、M記者からそうした取材の申し入れをきいたとき、私は何となく気持ちが遠のくのをかんじた。父との再会といったって、もうそれは三十年近くも昔のできごとであり、今さらそんな古い話をどう記事にするんだろうという戸惑いもあったし、今自分はそれどころじゃない、自分の分身である美術館が生きるか死ぬかの瀬戸際なんだから、という思いもあったのだ。だいいち六十いくつにもなって、未だに亡くなった父の名といっしょに、子だの親だのといった問題をほじくりかえす記事に自分が登場することへの、何とはない拒否反応のようなものもあったのである。

だが、けっきょく私はM記者の依頼に応じた。

記事が掲載される予定の七月中旬まで、M記者が何回か信州の私の美術館に足を運び、また私も講演の行き帰りになど何回か東京に立ち寄って、M記者の取材をうけることを約束したのである。

理由は生みの母の自死にあった。

私の生母益子（つまり父水上勉の二十三歳当時の同棲相手）が、じつは平成十一年六月十一日に田無の自宅で八十一歳で首吊り自殺していたことを、私はつい最近になって実妹の映子から知らされたのだった。私は益子が、以前から患っていた心臓病が急に悪くなって死んだとばかり思っていたので（そう親戚からきかされていたので）、その知らせをきいたときにはビックリした。人生の終盤に近い八十一歳になって、自ら生命を絶つだなんて、一体母に何があったのだろう、何が原因だったのだろうと思った。

そして、月日をへるにしたがって、ことによると母の自殺には自分のこともいくらか関係しているのではないかと考えるようになった。

私は父水上勉と戦後三十余年ぶりに再会していらい、父とは仕事上でもプライベートでも親密な付き合いをしていたが、生母の益子とはたった二度しか会っていなかった。何度か手紙をもらったことがあったが、忙しさにかまけて返事を出すのを怠っていたし、今度いっしょにゆっくり食事をしましょうという電話の誘いにも、何となくはっきりとした答えをしめさぬまま月日が経っていた。母が自死した今になって、私はそうした自分の母に対する態度が、どこかで母を苦しめ孤独にさせていたのではなかろうかと思いはじめた。戦時中に生活苦からわが子を捨てねばならなかった母益子は、三十余年経って戦場から亡霊のようにあらわれた子どもの冷たい眼差しをみて、ああこの子はまだ私を許してくれていない、今も自分を捨てた私のことを恨みつづけている……そう考えて絶望したのではなかろうか。

私がM記者の取材をうけ入れたのは、もちろん未だ私の娘の年齢くらいの若いM女性記者の、少しも物オジしないまっすぐな記者ダマシイにうたれたともいえるのだが、それより何より、この朝日新聞の「家族」という記事を一つの機会にして、悲しい最期をとげた母のことや、母を自死に追いやった自分自身の母に対する冷酷な仕打ちを、もう一度自分なりにみつめなおしてみたいと思ったからである。

「ずっと家庭を放棄して勝手気ままに生きてきたボクには、家族や家庭のことを語る資格なんてありません。しかし、死んだ母については語らなければならないことがたくさんあるような気がします。そういった趣旨でなら、取材に応じましょう」

私はM記者にそんなふうに答えたのだった。

しかし、そう承諾してみたものの、いざ取材がはじまってみるとその取材が鬱陶しいったらありゃしない。

スラリとした知性のカタマリのようなM記者の姿をみたとたん（知り合いの記者にきいたところ、Mさんは有名大学を卒業後英国に留学していた才媛だという）、校長室によび出された悪ガキ坊主のように私は全身が萎縮、硬直する。休館中の「信濃デッサン館」の前庭のベンチにしょんぼりとすわって、延々とM記者の詰問（?）をうけるうち、何だか自分の過去の殻が身ぐるみはがされてゆくような落ち着かない気分になる。別に悪いことをしているわけでもないのに（しているのかもしれないが）、頭のなかで考えていることの半分も言葉になって出てこないのである。

アナタは生みのお母さんと育てのお母さんのどちらを大切にお思いですか？ アナタは生みのお父さんと育てのお父さんのどちらが好きですか？ アナタはなぜ生みのお母さんをさがさずにお父さんをさがそうとしたんですか？ アナタは亡くなった生みのお母さんにむかって今どんな言葉をかけたいですか？ アナタは亡くなった育てのお母さんに対して今どんな気持ちを抱いていますか？ アナタにとって「家族」とは何ですか？ アナタにとって……。

ああ、ややこしい。

取材の前に相当念入りに答えを整理してきたつもりなのに、それがちっともうまくまとまらない。

うまく答えようとすると、なおさら真実が逃げてゆく。

私はだいぶ前に出した「母の日記」という本に

「人は、生みの親がみつかってよかった。それでじゅうぶんではないかというけれど、二組の親がそろったからといって、それですべて解決というわけではない」

と書いたことがあるが、その思いは今も変わっていない。

だいたい、六十いくつもの老齢になって、こんな質問に答えなければならない自分が悲しい。どうしてこんな星の下に生まれおちたのかと思う。これはどう考えても、幼稚園児にきく「パパとママ、どっちが好き?」というあの類ではなかろうか。

だが、眼の前にいるM記者はきわめて冷静で、関心のマトは私が母益子から再会時に手渡された戦時中の手帖(今となっては母の遺書ともいえるものだが)にあるようで、どうしてもそれを、次回の取材のときにみせてほしいといってきかない。一度獲物に照準を合わせたら、ぜったいのがさないといった敏腕記者の顔である。

最初は

「それだけはダメです。プライベートな品物ですから」

固く断わっていた私だったが、記者から何度も何度も懇願されるうちに

「じゃあ、この次に」

コクンと肯いてしまった。

これも、情けない。

四月十六日(月) オキナワへ

先月中旬から沖縄県宜野湾市「佐喜眞美術館」で開催している「太平洋を渡った日本人画家

たち」展には、わが「信濃デッサン館」のコレクションである野田英夫、多毛津忠蔵、ジャック山崎ら日系人画家の作品が多数出品されている。

今回のオキナワゆきは、近く那覇市新都心にオープンする県立博物館・美術館で、来年開催が内定している「無言館」展の打ち合わせが主な目的なのだが、その合間をぬって「佐喜眞美術館」の展覧会をのぞくのも大きなたのしみ。

今年開館十三年めをむかえた「佐喜眞美術館」は、宜野湾市の米軍普天間基地に食いこむように建っている地元建築家の真喜志好一氏設計の瀟洒な美術館で、「アウシュビッツの図」や「原爆の図」で名高い丸木位里、俊夫妻が描いた縦四メートル、横八・五メートルにおよぶ超大作「沖縄戦の図」を常設する知る人ぞ知る反戦美術館。丸木夫妻の作品のほかにも、ドイツ表現主義の女流画家ケーテ・コルヴィッツや、連作版画「ミセレーレ」で有名なジョルジュ・ルオーの作品の収集でも知られる佐喜眞さんは、私とはすでに二十年をこえるお付き合いのあるコレクター仲間だ。長く東京で鍼灸院を営んでいた佐喜眞さんは、私の「信濃デッサン館」に通ううちにご自分も私設美術館の建設を夢みるようになり、たまたま治療を通じて知り合った画家の丸木位里、俊夫妻から「沖縄戦の図」の無償提供をうけたのをきっかけに、かねてより所有していた普天間基地内の土地を米軍から払いもどしてもらい、現在の「佐喜眞美術館」

を開館したのである。

久しぶりに訪ねた「佐喜眞美術館」は心地よかった。

野田英夫の「初冬」も、多毛津忠蔵の「キングストン風景」も、ジャック山崎（本名山崎近道）の「ハートマウンテン」も、私の「信濃デッサン館」に展示されているときよりもはるかにのびのびとしたふんいきでならんでいる。のんびりというか、ゆったりというか、それは信州と沖縄という風土の違いからくるものなのか、美術館の建物のふんいきの違いなのか、よくわからないが、とにかくわが「信濃デッサン館」コレクションが、「佐喜眞美術館」の壁にならぶとどこか泰然自若（？）としてみえるのである。

「いやぁ、おかげでいい展覧会になりましたよ。こういう絵は、沖縄ではめったにみられませんから」

最近、近所のコーラスグループでバリトンをうけもっているという、低くて渋みのある声で佐喜眞さんがいうので
「ウチの絵たちも喜んでいるようですよ。やっぱり信州より、沖縄のほうが絵を描いていたアメリカにずっと近いからかもしれないですねぇ」

私はわけのわからない答えを返す。

実際、戦前から戦後にかけてアメリカに渡って絵を描き、その地で終焉をむかえたいわゆる

日系人画家たちの仕事と、今の「オキナワ」の存在はどこでどう結びつくのだろうか、とふと考える。かれらの絵には、かれらが終生背負いこんでいた「故郷喪失」と「望郷漂泊」の思いが色濃くにじんでいる。日本とアメリカ、そのいずれに生きても埋めがたい孤独を抱き、宙ぶらりんのままの境涯を生きるしかなかった画家たちの、もってゆきばのない悲哀が絵の底にしずんでいる。そんなボヘミアン画家たちの絵が、戦後六十年をへた「オキナワ」でどこか泰然自若としてみえるとしたら、それは「オキナワ」そのもののもつ「祖国喪失」の歴史が、かれらの宙ぶらりんの人生と悲しく共鳴し合っているあかしなのだろうか。

第二展示室に飾られた野田英夫や多毛津忠蔵たちの絵と、奥の第一展示室（常設室）に設置されている丸木位里、俊夫妻の「沖縄戦の図」の前を行き来するうち、自分までが彷徨の旅をしているような気分になるのはふしぎだった。

滞在三日間のうちの最後の日は、県立美術館が建設されている場所にほど近い、新都心の「沖縄タイムス社」を訪問、岸本社長と平良取締役の歓迎をうける。

「無言館の展覧会ほど、今の沖縄がやらなければならない仕事はないんです。他の都市でやるのと沖縄とでは、開催する意味がまったくちがいます。会社をあげてしっかりとやらせてもらいますよ」

眉の濃い沖縄顔をほころばせて、岸本社長が私に握手をもとめる。

岸本社長は、何年か前信濃毎日新聞社の新社屋完成の祝賀会出席のため長野市を訪れた際、たまたま帰りに立ち寄った「無言館」で深い感銘をうけ、帰沖するなりすぐに新美術館での「無言館」展を実現すべく会議をひらいたという熱血の人。

どうあれ、沖縄での「無言館」展は成功させねばならない、と私も思った。

四月二十日（金）「映像」ぎらい

「無言館」の閉館後、館内で日本テレビ系「おもいッきりテレビ」の収録。

何年か前、やはり同じ番組で「村山槐多」を取り上げてもらったことがあったが、今回は「無言館」がテーマ。前回と同じく、「おもいッきりテレビ」の枠内にある「きょうは何の日」というコーナーのなかで、「無言館」が十年前の五月二日にこの地に誕生した経緯や、現在の活動について紹介してくれるという内容である。

私はもともと、テレビに出ることじたいにそれほど抵抗感をもっている人間ではない。何といっても、不特定多数の来館者を相手にする人気商売といってもいい個人立美術館にとって、テレビというメディアは無視することのできない甚大な影響力をもつ。テレビで美術館で開催中の展覧会が取り上げられれば、すぐさまそれは来館者数の上昇という形ではねかえってくるし、その展覧会の趣旨や開催目的を事前に多くの人々に知ってもらう手段としても、テレビは千万人の味方といっていいくらい効果を発揮するありがたい媒体であることはたしかなのである。

地方都市の片隅で細々と営業している小さな私設美術館の主にとって、時々こうやってテレビ・カメラの前に立つことは、大切な任務の一つであるともいえるのだろう。

ただ、いつも撮影が終わったあと思うことだけれども、テレビにしろ映画にしろ、私の美術館にならぶような絵や彫刻にとって、やはり「映像」は敵なのではないかという思いがつよい。わかりやすくいえば、がんらい「絵画」や「彫刻」は動いたりしゃべったりするものではなく（近現代の作品のなかには動く仕掛けをもったものも多く出現しているが）、テレビや映画の「映像」のように、語りもしなければ解説がつけ加えられることもない、きわめて禁欲的な表現形態であるということだ。「絵画」も「彫刻」も「動かず」、「語らず」、「説明せず」という、見るがわにおそろしく不便で窮屈な縛りをかけたうえで、はじめて存在意義をもつ表現形態なのである。

それは、あくまでも「絵画」や「彫刻」が、作品の前に立つ人間の創造力、想像力という、二つのソウゾウリョクにゆだねられるべき運命にあるということの裏返しなのかもしれない。

一点の「花」の絵に、悲劇性を感じる人もいれば喜劇性を感じる人もいるといったぐあいに、画家の手を離れた作品が画家の意図する方向とはまったく別のところで解釈される面白さが、いわば「絵画」や「彫刻」の最大のチャームポイントであるからなのである。

そのチャームポイントが、どうもテレビや映画で「映像」化されてしまうと、いつのまにかどこかへ消えてしまうというのが私の懸念なのだ。

今日もそうで、私は何点かの戦没画学生の絵の前で若い女性アナのインタヴューをうけて作品に対する感想をコメントしたのだが、何度も

「本モノを見てもらうのが一番なんですがね」

とか

「一度ぜひここへいらっしゃって下さい」

という言葉をつけ加えた。

よくあることなのだが、テレビで美術館（展覧会）が放映されると、それをみただけで「美術館へ行った」「展覧会をみた」という気分になってしまう人が多いからである。

いくら「映像」をみたからといっても、それは自分の眼でみたという作品鑑賞の体験にはならない。一見「映像」は一点一点の作品を鮮明に、隅々まで映し出しているようだけれど、それが「映像」化される時間、角度、明暗、すべては演出者の手にゆだねられている。それはけ

って「自分がみている」ことにならない。もっと正確にいうと、テレビ画面に映るゴッホの「ひまわり」をみても、それは見知らぬ演出者の眼がとらえた「ひまわり」、つまりお古のゴッホをみているようなものなのだから。

だいいち、テレビでたった五分や十分「無言館」をみたからといって、それですべてをわかったつもりになられちゃたまらない。それで「美術館に行った」気分になられたらかなわないではないか。

一時的にテレビの恩恵によって来館者数がのびても、結局のところ、長い眼でみるとテレビは、私たち「美術館」業界をほろぼす天敵なんじゃないか、と思ったり。

ま、そんなことを心のなかでつぶやきながらアナウンサーの質問に答えているうちに、無事撮影は終了。

きいてみると、この「おもいッきりテレビ」は人気司会者みのもんた氏が登場する高視聴率の番組だそうで

「放映されたら、ずいぶん反響ありますよ。お客さんの動員にはご協力できると思うんです」

ジーパンをはいた若いディレクターの青年は自信満々の口調だった。

いや、おかげさまで「無言館」のほうは宣伝していただかなくてもけっこう順調ですから、

と口まで出かかったが、私はそうはいわず
「こんどは、また、村山槐多をやって下さいよ」
若いディレクターに愛嬌をふった。

四月二十四日（火）　二通の手紙

東京練馬区のＮ・Ｓさんから手紙。

拝復
ようやく春も深まってきた今日此頃、ご当地でも桜がそろそろ咲きほころぶ季節が到来と拝察いたしております。
さて、かねてより当方より申し出ておりました貴館存続にむけての寄附、先日のお答えで「諒承」というご意志を確認し、大変ホッとし胸をなで下しているところです。ようやく当方の貴館存続に対する切なる願いをおききいただけたかと、深く感謝するとともに実に、爽快な心持ちでおるところです。
とにかく、当方としては「信濃デッサン館」が来たるべきいつか再開の運びとなり、これまでと同じように多くの鑑賞者に作品を公開して下さることになれば、それですべて良しという思いなのです。若かりし頃から、絵の道を希望しながら、薄学無才のため夢を完遂し得なかった当方にとっては、貴館の活動は自らの青春の躍動をしのぶ大きな碑であるともいえます。貴館にならぶ村山槐多、関根正二、松本竣介ら諸氏の熱き作品群は、まこと当方が一生を賭けて追いもとめてきた「人間の生のあかし」であり、今も当方の胸にたぎる「生命のあかし」に他なりません。そうした幾多の思いをひめた「信濃デッサン館」の将来に、この寄附金が少しでも役立つことを祈るものです。

どうぞ、どのようにお使いあそばしてもご自由ですので、「信濃デッサン館」を一日も早く再開、これまでと変わりなき活動をつづけてゆかれるようご尽力下さいますように。

当方はすでに八十路半ばの老境にあり、再び貴館を訪ねることは叶わぬかもしれませんが、遠き都の片隅より、貴館再興のファンファーレが高々とわが耳にとどく日を、今か今かと祈っておる次第です。

最後に、以前ご紹介しました弁護士を煩わせて作成しました「寄附契約書」を同封いたしますので、お確かめ下さい。

東京都練馬区××町××番地

N・S

「寄附契約書」

N・Sを甲、「信濃デッサン館」館主窪島誠一郎を乙とし、甲と乙は、本日、以下の通り、寄附行為に関する契約を締結する。

一　本契約は、自ら絵画を描き、美術を愛し、また画道を志す若き人々への理解をもつ甲が、乙が経営・運営する美術館「信濃デッサン館」の運営趣旨に賛同し、その再開を支援する目的の下に帰結する。

二　甲は、乙に対し上記目的のため、金○○○○万円を寄附するものとし、本契約締結の日から二週間以内に、金○○○○万円を乙が指定する銀行口座（○○銀行○○支店普通預金口座）に振込送金する。

三　乙は、上記寄附金の使途については、第一項の目的に沿って、これを利用するものとする。

四　乙は、匿名を希望する甲の意志を尊重して、本件寄附については、対外的に一切公表しないことを約束し、上記美術館内、書籍、パンフレット、ホームページその他の一切の媒体において、方法および目的の如何に問わず、本件寄附の事実並びに甲の氏名、住所、電話番号などの甲の個人情報を公開しないものとする。
本契約書二通を作成し、甲乙各自記名押印の上、各一通を保有する。

平成十九年四月二十日

東京都練馬区××町××番地
N・S
長野県上田市東前山三〇〇番地
窪島誠一郎

こういうのを巡り合わせというのだろうか、梅丘中学時代の級友Sからも、この日速達で手紙がとどいた。こっちの文面はやけにみじかい。

窪島誠一郎君へ
このあいだ梅ヶ丘の寿司店「美登利」で、有志五人で同級会開催の打ち合わせをやった。そこで五人の意見が一致し、ほんの僅かだが我々同級生の「志」として、〇〇万円を、「信濃デッサン館」再建のための協力金として寄附することに決定した。近く、僕Sがクラスの代表として窪島君のもとにそれを持参する。電話をするので、都合をきかせてくれ。

五月四日（金）　桜をふんで

今日は「無言館」の成人式。

第五回の今年は、メインゲストにニュースキャスターの筑紫哲也さんをおむかえする。これまで、ゲストには作家の小宮山量平さん、澤地久枝さん、映画監督の山田洋次さん、作曲家の小林亜星さん……なかなかの顔ぶれをお招きしている。

成人式といっても、「無言館」の成人式はちょっと変わっていて、いわゆる市役所や町役場でひらかれる行政主導の式典のような、エライ人の挨拶とか、来賓の祝辞とかいったかしこまったセレモニーは一切ない。

全国津々浦々、北から南からあつまった限定三十名前後の新成人たちが、約一時間ほど「無言館」で戦没画学生の遺作を鑑賞したあと、メインゲストから一通ずつ各人にあてた自筆の手紙をもらう。つづいて私の即興詩「無言の歌」の朗読と、幼い頃感電事故で両腕を失った画家の水村喜一郎さんからの絵葉書のプレゼントがあり、コカリナという楽器を通じて世界各国で平和コンサートをひらいているミュージシャン黒坂黒太郎さんの演奏がある。そして最後は、近所の農家の方々が腕をふるってつくってくれた当地の山の幸を活かしたテンプラ料理と、心のこもったお赤飯がならぶ食事会をたのしみ、ゲストをまじえて全員で記念写真を撮ってから解散、というきわめてシンプル、かつ手づくり的な成人式なのである。
私の即興詩「無言の歌」というのは、毎回いくらか内容がちがうのだが、今年はこんな出だしの詩をつくった。

今日　二十歳になったあなたに
美術館の画学生たちは　何を語りかけてきましたか
二十歳になったあなたへの祝福の言葉でしたか
それとも、あなたにささげる美しい花束でしたか

いいえ　戦地で亡くなった画学生たちは　あなたたちに一言の祝福の言葉もあたえはしない
一束の花束もささげはしない

もし画学生たちがあなたにあたえたものがあったとしたら
それは　一冊の真っ白なスケッチ帖だ

何も描かれていない　一点の汚れもない　あなたたちが描く絵の完成を待っている　小さな小さな一冊のスケッチ帖だ……

新成人たちは、私のこのつたない詩の朗読を、静かに眼をつぶったり、じっと前をみつめたりしながらきいている。

逆にカッと、眼を見開いて私をみつめてきいている者もいる。

手前ミソだが、この瞬間、私は自分と眼の前の若者たちとの距離がぐんと近づいた気分になる。自分の発した言葉が、自分の年齢の三分の一にもならない若い生命にむかえられてゆく快い昂奮と緊張をおぼえる。

ああ、こういう「成人式」をひらいて良かったな、という気持ちになる瞬間なのである。

それにしても、今年の「無言館」の庭に咲く桜は見事だ。

これまでは、「成人式」当日には大抵桜は散ってしまっていたのだが、今年は開花期がだいぶ遅れたこともあって、ちょうど満開の時期にぶつかった。

もともとこの「成人式」は、四月二十九日の「みどりの日」にひらいていたのだが、その日が今年から「昭和の日」という名称に変わってしまい、何となくそのことに抵抗感をおぼえて、今回から五月四日の新しい「みどりの日」に開催日を変更したのだ。そういう意味では、例年以上に桜が散ってしまう確率が高くなったはずなのだが、幸運にも今年は、桜のほうが私たちの「成人式」を待っていてくれたといったふうなのである。

館のアプローチに咲く桜の枝が、まるでピンク色の真ワタをつけた細い綿棒のようにユラユラゆれている。

そして、青く高い空をバックに、小さな生きもののように舞う無数の花びら、花びら、花びら。

そこにながれる黒坂黒太郎さんのコカリナの演奏も心地よい。カタロニア民謡の「鳥の歌」やブラームスの「眠りの精」、黒坂さんのオリジナル曲の「春の足音」や「木霊が歌う子守唄」、そして近くを走る単線鉄道の存続をうったえる「別所線牧歌」などなど……。

か細い琴の糸がふるえるような、それでいて東信州の静かな山合いの空気を切り裂いてひびきわたるコカリナの澄んだ音は、もう「無言館」成人式のテーマ音楽になっているといってもいいだろう。

桜とコカリナ。

そこに集う新二十歳の若者たち。

やわらかな信州の陽光が「無言館」にふりそそぐ。

毎回若者たちに大人気なのは、裏庭でひらかれるご近在のお百姓さんや館のスタッフが前日から準備してくれていた恒例の食事会で、参加した新成人とゲストの人たちがいっしょくたになって、庭いっぱいにならべられたテーブルにつき、お百姓さんたちがつくってくれた心づくしの手料理を頬ばる。

手料理といっても、テーブルにのるのはお赤飯の折り箱が一つと、近くに自生している桑の葉やタンポポ、フキノトウやタラノメ、ウド、菜の花、アカシヤなどといった山の幸のテンプラである。庭の片隅に設えられた急造テントの調理場で、地元の人たちが真心こめて揚げてくれた野花、野草の美味しいこと、美味しいこと!

ピアスをした青年やミニスカートの娘たちが、手に手に紙のお皿を一つずつもって、テンプラを揚げるおばさんたちの前にズラリとならぶ光景もたのしい。

私も皿をもってその列にならびながら、ぼんやりと周りの様子をみていると、すぐそばにいた筑紫哲也さんが

「いいねぇ、こんな風景は都会の成人式にはないからねぇ」

そういう。

「こういう成人式に遠くから自主的にあつまってくる子がいる以上、まだまだ日本は大丈夫」

なるほど、そうだなと私も肯く。

それもこれも、「無言館」にならぶ戦没画学生の力、かれらがのこした絵の力なのかもしれない、と独りごちる。画学生たちが戦地に散る直前に描いた妻や恋人、家族を描いた絵が、新成人たちに何かを伝え、何かを教えてくれているという証左なのかもしれない、などと納得する。

オット、それと忘れてならないのは、おばさんたちが揚げてくれる山の幸のテンプラの力だろう。

戦没画学生の絵と山菜テンプラの大いなる力。


食事会のテーブルには「二十歳の決意ノート」という大学ノートが一冊ずつ置いてあって、帰るまでに新成人たちに今日の成人式に参加した感想を書いてもらうことになっている。

主催者の私には、それを読むのも大きなたのしみの一つだ。

今回圧巻だったのは、北九州からきていた大学生Y君の次のひと言。

「画学生の絵をみていて、コンチクショーと思った。オレは今音楽をやっているけど、こいつらに負けるもんかと思った」

それと、神奈川からやってきた家事手伝いの女性Yさんのこんな言葉。

「人を愛することってスゴイと思いました。とくに、家族をとても愛していることに感動しました」

フリーターをやっているという、東京からきたM君は

「自分がもし戦争にゆかなければならなくなったら、画学生のように何かに打ちこめるものをもっているだろうかと考えた。今の自分には何もそういうものがないから」

共通しているのは、だれもがこのノートのなかにじつに素直な自分を曝《さら》け出していることだ。まっすぐな、じつにまっすぐなハダカの自分になっていることだ。少なくとも、今日ここに集まった若者たちは、ふだん見ることのない自分、たった一人の自分とむかいあっていることだ。

それも、「無言館」の画学生の絵がもたらした力なのだろう。

いよいよ「成人式」の最終メニューである記念写真を撮るために、新成人たちと前庭に用意された椅子にすわっていると、すぐ隣にすわった水村喜一郎さんが

「今年もありがとうございました。毎年ここにくると自分が二十歳になった気持ちになるんですよ」

人なつこい笑顔で私に語りかけてきた。

同感である。

今日、この「成人式」に列席した私たち大人どもは、だれもが自分もまた数十年前の「新成

にちがいない。

人」にもどったような気分で、「無言館」のアプローチに散った桜の花びらをふみしめて帰る

五月十二日（土）　しゃべり捲くれ

何日か前から札幌に滞在、今日は午前中に旭川に入る。旭川市民会館でひらかれる「小熊秀雄賞受賞記念講演会」の講師に招かれたからである。

小熊秀雄といえば旭川、旭川といえば小熊秀雄だ。

小熊秀雄は一九〇一年に北海道小樽に生まれたが、幼少期に稚内、樺太へと移住、養鶏場番人、炭焼き手伝い、鰊漁場労働者、職工、伐木人夫など、底辺生活の辛酸をなめながらやがて文才を認められ、一九二二年に旭川新聞社の記者となっている。以後同紙の文芸欄を担当し、詩、童話、評論の分野で活躍、一九三五年には「小熊秀雄詩集」、長篇叙事詩集「飛ぶ橇」を出版。言論弾圧のきびしい時代下に数々の前衛的な作品を発表する。そして、当時なぜか個性派の詩人や画家ばかりが蝟集していた「池袋モンパルナス」で画家寺田政明らと交遊し、独特の開明墨汁を使ったデッサン、油彩画などにも秀作をのこして、貧困のうちに肺結核のため三十九歳で他界するのである。

わが「信濃デッサン館」にも何点か小熊秀雄のデッサンが収蔵されていて、遠来の客のなか

には「小熊の絵をみにきた」というファンも多くいる。とくに私が好きなのは、小熊本人と思われる痩せたコート姿の男が、ベンチにすわって顔に手をあてて何やら嘆いているデッサン「悩める男」。みているだけで小熊の「悩み」がこっちにまで伝染してきそうな何ともせつないデッサンだ。

そうした小熊秀雄の詩業、画業を長く顕彰してきた旭川文化団体協議会や、小熊秀雄賞を制定し、これまで多くの先鋭的詩人を発掘してきた実行委員会の人々と私の付き合いは、もうずいぶん以前からになる。小熊賞が制定されてまもない頃、やはり記念講演に招かれて旭川にきていらい、私は何度も当地を訪れており、その頃委員会の運営に奔走していた谷口広志さんや木島始さんたち（お二人ともすでに鬼籍に入られたが）と、市内の酒場で口角アワをとばして小熊論を語り合った夜をなつかしく思い出す。

その「小熊秀雄賞」が、今回の第四十回をもってあわや打ち切られるという危機にあったとはツユ知らなかった。それまで旭川市が運営してきた小熊秀雄賞実行委員会が、文化的催事予算のひっ迫やその他の事情によって、今年でいったん活動を停止することになり、一時は本当に「小熊賞」はなくなる運命にあったのだという。

が、それを伝えきいた文学好き小熊好きな有志が立ち上がり、何とか次回からも賞を継続してゆこうという組織を結成したのは、ごく最近のことだったらしい。さすが「文化の町旭川」の底力といったところだが、「小熊賞の灯を消すことは旭川の文化の灯を消すこと」「小熊賞を守ることが旭川の文化を守ること」という、少数有志の声が賞の継続を決定しただなんて、「信濃デッサン館」館主の私にはひどく身につまされる話ではないか。

したがって、今回の受賞式は実行委員会が官から民へ、いわば「小熊秀雄」の詩精神が公から私へバトンタッチされることが決定した最後の式典であり、私はその記念すべき節目の講演会に招かれた講師というわけなのである。

そのせいもあって、今日の私はヤル気満々、ノドに油を注いだようによくしゃべった。

小熊の詩の魅力、絵の魅力、評論の魅力、人間の魅力、かれが生きた旭川の風土の魅力……最初に旭川にきたときにお世話になった当地の有名タウン誌「あさひかわ」の発行人であり、今や「旭川出版文化」の先導役ともいわれる渡辺三子さんの話や、大の彫刻好きだったその当時の旭川市長、のちの官房長官になった五十嵐広三さんとの思い出、生前の谷口広志さん、木島始さんの話にもたっぷり時間をさいた。

知っている人も多いと思うのだが、小熊秀雄の代表作の詩に「しゃべり捲くれ」というのがある。いつも寡黙でニヒル（しかもとびきりの二枚目！）だったという小熊だが、詩や文章はあくまでも饒舌でおしゃべりで、庶民が沈黙を強いられていたあの時代に徹底的に抗った反骨の詩人だった。

さながらそんな詩人小熊秀雄の「しゃべり捲くれ」精神がのりうつったように、この日の私は壇上でしゃべりづめにしゃべったのである。

肝心なことを書き忘れていたけれど、今回の第四十回小熊秀雄賞に輝いたのは、仙台市にお住まいという斎藤紘二さんの詩集「直立歩行」だった。

斎藤さんが大学卒業後に勤務した国立療養所で出会った多くの肢体不自由者との魂の交信から生まれた詩句、と解していいのだろうか。平明な言葉遣いのなかに、何か人間の本源的なところにある孤独感のようなものがうかびあがってくる、一切の感情に背をむけながらもう一つの感情を紡ぎ出すような凜とした詩風。伝統ある「小熊秀雄賞」の節目の受賞者として、これほどふさわしい詩人の登場はないのではなかろうか。

斎藤さんは私より二つ年下の人で、樺太生まれで秋田育ちというのもどこか「小熊秀雄的」だ。

受賞式が終わった夜、旭川市では中央の文化人がよく訪れることで有名な居酒屋「大船」でごいっしょしたが、詩作のもつふんいきとはひと味ちがった人間臭のある詩人で
「詩を書くとき以外は何をなさっているんですか？」

とバカな質問をすると
「なるべく詩を書かないようにしています」

という変な答えが返ってきて、ますます好きになった。

それと、もう一つ余談だが、この夜の宴会に出席されていた「旭川彫刻美術館」（正式には「中原悌二郎記念旭川市彫刻美術館」）の館長小野寺克典さんが、何と四十数年前、当時私が東京世田谷で経営していたスナックの常連客だったことがわかって、後ろにのけぞるほどビックリした。その頃小野寺さんは明治大学和泉校舎に通う文学部の学生で、授業をさぼって一日じゅう私の店で本を読んでいたそうで、昼食といえばきまって私のつくった焼きウドンだったという。なるほど、よくよくみると、ズングリムックリした体軀にちょこんと童顔がのった風貌は、遠い遠い昔に出会ったなつかしい人物の匂いを運んでくるよう。

「マスターが美術館の館長、しかも作家さんになるだなんて想像もしていませんでしたよ」

小野寺さんがいうので
「いつもカウンターの隅で焼きウドン食っていた小野寺さんが、まさかあの中原悌二郎美術館の館長さんだなんて」

私もそういってやった。

五月十五日（火）　普請の音

私は昔から「普請の音」が好きだった。

たとえそれが他人の家の普請であっても、大工さんが木を削る音、きざむ音、ノコギリをひく音、その他重機の音などを耳にすると、何やらワクワクした落ちつかぬ感覚におそわれる。どこか眼にみえないところで、施主が待ちかねている築城が着々と進んでいるような、一つの目的の完遂にむかって無数の蟻が忙しく立ち働いているような音がきこえてくると、とにかく胸がおどるのだ。

ものの本で読んだところでは、日本画家の川端龍子や横山操なんかも大の「普請好き」だったそうで、仕事場で絵を描いていても、裏のほうで大工や棟梁の働いている気配があると、それだけで上機嫌だったという。また、物書きのなかにはそれ以上の「普請好き」も多いらしく、どちらかといえば父親の水上勉もそうだった。晩年暮らしていた軽井沢や北御牧勘六山の山荘なんか、ちょっと訪ねないでいるうちにあちこちに離れや別室がふえていて、一日とて「普請の音」が途絶えた日などなかったんじゃないかと思う。

たぶん「普請の音」には、絵描きや物書きの心に棲む「ものづくり」の虫が、モゾモゾと地中から這い出してくるような、ふしぎな昂揚感があるからなのだろう。コツコツ、トントン、ジィジィという大工さんのカナヅチの音や、電動ノコの音をきいているだけで、「ものづくり」

に打ちこむ人間の心にだけ通い合う、奇妙なシンパシィがめばえてくるといったらいいのかもしれない。

生前父がいっていた「原稿紙のトントン」という話が、今も心にのこっている。

父がいうには、徹夜してようやく書き上げた原稿の枚数を最後にチェックし、それが約束の枚数をちゃんとみたしているかどうかを何度も確認したあと、両手で原稿紙をたばねて机の上でトントンと整える（揃える）ときの、あの音がまさしく「普請の音」にそっくりだというのである。

「ありゃあ、大工はんが一仕事終えたときの、あのトンカチの音やなァ。さてこれから一服つけるか、別の現場にゆくかといったときの、そりゃ最高に気分がいいときの音や」

父親（私にとっては祖父）が若狭の田舎で宮大工をしていたという父は、そういって眼をほそめた。

なるほど、新米物書きの私にもそういう経験がある。

苦労してようやく約束の原稿を書き上げ、それを両手でトントンとたばねるときの、あの充足感と達成感は、たしかに何ものにもかえがたい。トントンという軽快な音と、掌がかんじる原稿紙の厚みの感触。大げさにいえば、その文章が活字になったときの晴れ姿を想像し、またそれを読んだときの編集者や読者の顔を想像して、原稿紙をトントンする手が感動でうちふる

える のだ。徹夜でペンを動かしていた疲れも、調べもので辞書や辞典と首っぴきだった苦労も、その瞬間どこかへふきとんでしまうのである。

ああ何という心地よい、幸せな気分なのだろう。

トントン、トントン、トントン。

そうか、「普請の音」とはそういう音だったか。

その「普請の音」が、今朝から「信濃デッサン館」の館内にひびいている。

急遽決心した七月一日からの同館の再オープンをめざして、館内外の傷んだところを補修し、同時にこれを機会に美術館の展示スペースをほんの少し増設しようという欲のふかい改造工事が、今日からはじまっているのだ。

館の改造計画一切をうけもってくれたのは、「無言館」第二展示館の工事を受注した長野市に本社がある建設会社M商会である。M商会が「無言館」の建設に使用する資材を調達する際、「信濃デッサン館」の改造に必要な資材もいっしょに調達し、ついでに「無言館」の工事要員の手を借りて「信濃デッサン館」の改造工事もしてしまおうという、まぁ「信濃デッサン館」にとっては大変ありがたい同時進行の便乗工事（？）がスタートしたのである。本当にそんなことができるの？ といった眉ツバの計画だが、サイフの中味がとぼしい「信濃デッサン館」

が蘇生するには、もうこの方法にすがるしかすべがなかったといえるだろう。何しろお金のない「信濃デッサン館」の工事を、お金に余裕のある「無言館」から得る利益でまかなっちゃおうという、そんなちょっぴり後ろめたさのある工事プランに、十二年前現在の「無言館」を建設していらい親しく付き合っているM商会さんが、よろこんで一肌ぬいでくれるということになったのだから。

もちろん、そんなふうにお金のやりくりに苦労した工事なので、「改造」といってもそんなにゼイタクはできない。館内の数ヶ所のブロック壁にもう何列かブロックを付け足して展示面積をふやし、これまで別室になっていた奥の「野田英夫記念室」(私の好きなコーナーだったが)の壁を取り払って、従来の館内の空間といっしょの空間にし、それと同時にこれまで事務所として使っていた小部屋を絵の飾れる新しい展覧会場に改造してしまうという、その三つが主な工事箇所なのだが、それ以外は従来の「信濃デッサン館」の姿をまったく変えないでおこうというリニューアル計画である。

あとは、三十年近い月日のあいだにだいぶ傷みかけているスレート屋根の修繕と、これもあちこちが剝げ落ちているブロック外壁の補修と塗り直し、気づかぬうちにところどころが崩れはじめている床の木煉瓦の取り替えや補塡といったオマケの工事だけれど、これもM商会が格安の見積もりでやってくれることになった。ことに屋根と床の破損が思ったよりひどく、よくこんな状態で今まで雨もりも地下水湧出もなく美術館を運営してきたものだと思うくらいだったので、今回M商会サンの手で、たとえ完璧でなくてもある程度改善されるというのはありがたいし、うれしい。

もっとも、それもこれも、大繁盛のお隣さん「無言館」のおかげであることくらい、私だってM商会サンだって知っているけれど。

しかし、それにしても、「普請の音」は気持ちいい。

トントン、コツコツ、ジイジイ、という音をきいているのは気持ちがいい。

やれやれようやくここまできたな、これから何かがまた始まるなという、あの「原稿紙のトントン」と同じような心の高ぶりがおそってきて気持ちがいい。

五月二十六日（土）　シャドウ・コレクション

朝から工藤正明君がきてくれて、収蔵庫「時の庫」に入って収蔵作品の総点検。再開される「信濃デッサン館」に展示する作品のコンディション調べ、および展示する作品の選定のためである。

「時の庫」は、「無言館」が開館して三年後の平成十二年四月、館の裏に建設された地下一階、地上二階、のべ面積四十五坪の六角形をした鉄筋コンクリート造りの建物で、むろん作品保護に必要な温湿度調整、遮光、害虫駆除等の機能を完全にそなえており、現在では「無言館」に常設されていない戦没画学生の遺作、遺品が約六百点、その他に「信濃デッサン館」のコレクションや資料が約五百点余ここに収蔵されている。

入り口のぶ厚い金属ドアをあけると、収蔵庫内にこもった少し饐《す》えた匂いがツンと鼻をつく。私はあんまり得意ではないが、工藤君はこの匂いを嗅ぐと何とはなし落ち着くのだそうだ。


久しぶりに「信濃デッサン館」の古いコレクションをひっぱり出してみると、こんな作品もあったのか、こういうのもあったのかという「再発見」(?)の連続である。

つまり、自分でコレクションしておきながら、すっかりその存在を忘れていた作品の何と多いことか。

そういう作品と久しぶりに対面すると、たちまちその作品を手に入れたときの思い出がよみがえる。作品を自分に売って(あるいは無償で譲って)くれた人の顔はもちろん、そのときの場所や時間、それが遠い旅先だったりすると、その絵をかかえて帰ってきた列車の窓からみえた風景までが眼のウラにうかぶ。ちょうど大掃除のときに、ついつい畳の下に敷いた古新聞に読みふけってしまうことがあるけれども、いってみればそんなふうな具合なのだ。

今日も、そんな絵がいくつもあった。

たとえば鬼頭曄の油彩画「子供の情景」

鬼頭さんは十年ほど前六十九歳で亡くなった自由美術家協会所属の画家だが、私との付き合いは深く、十七年間暮らしたパリから帰国した一九七〇年頃からいくども私が鬼頭展を企画し、ずいぶんご本人からも作品を買った。東京美術学校（現東京芸大）日本画科出身の人だったが、卒業まぎわに油絵科に転向、渡仏後パリ国立美術学校であらためて油絵を学び、その作風はどこかデビュッフェやタピエスを想起させる豊かなマチエルの、独特の郷愁をたたえたふしぎな魅力をもった絵だった。

この絵をいつどこで買ったか思い出せないが、たぶん酒好きだった鬼頭さんとあちこち飲みあるいているうちに「買わされた」絵だったんじゃなかろうか。

それと、広幡憲の水彩画「風景」

「風景」といっても、一見何を描いているのかわからない茶褐色を主トーンにしたモザイク模様のような抽象画だ。広幡は秋田生まれの前衛画家で、戦前に藤田嗣治や東郷青児に影響をうけ、二科会の若手抽象画家のグループだった九室会でも山口長男や桂ユキと活躍した画家。昭和二十三年十月立川駅構内で回送列車にはねられ三十七歳で他界するが、今生きていればさぞ大成しただろう、と期待したくもなる絵描きの一人。広幡が生前同棲していた神谷信子さんは、広幡の死後ニューヨークにわたって版画家の道をあゆむが、私は日系画家野田英夫の調査で同地を訪れたときにいろいろと神谷さんにお世話になった。

でも、この広幡作品も、どこで買いもとめたのか皆目憶い出せない。

鶴岡政男の木炭デッサン「裸婦」

これは忘れていたわけではなく、時々思い出すことのある作品だったのだが、こうして手にとってじっくりと対面するのは何年かぶりである。

鶴岡政男といえば、戦前戦後をつうじて時代への痛烈な風刺と諧謔をひめた作品で知られる画家だが、それは戦時下を共にした松本竣介や靉光の作品にはない、どこか醒めた眼をもつニヒリスムにみちた絵だった。鶴岡さんが晩年をむかえられてから、私は何度も美術館や画廊で展覧会をひらかせてもらったことがあるが、ことに昭和五十四年七十二歳でガン死する直前、最後の個展を開催させてもらった記憶は忘れがたい。この「裸婦」はそのときの出品作だったような気がするが。

みているうちに、夏の葉山のオンボロアトリエで、上半身裸でキャンバスにむかっていた鶴岡さんの、鬼気せまる後ろ姿がうかんでくる。

けっきょく、二時間近くも「時の庫」に入っていたのに、収蔵作品の半分も点検せぬうちに来客の知らせがあったので、私はあとを工藤君に任せて本館にもどる。

昔の恋人（?）にみとれているうちに、かんじんの「信濃デッサン館」の展示作品えらびは明日にもちこし、他の作品チェックも工藤君に丸投げといったていたらくだ。

あまり自慢できる話じゃないけれど、私はこういう忘れていた収集作品のことを「シャドウ・コレクション」、つまり「影の収集品」とよぶことにしている。

今日は「信濃デッサン館」展示作品を選んだというより、なつかしい「シャドウ・コレクション」との出会いをたのしんだ一日だった。

再び夏へ（六月—七月）

六月五日（火）　横浜たそがれ

前の年も今頃だったのではなかろうか。
横浜ニューグランドホテルで、ヴァイオリニスト天満敦子さんと「ジョイント・コンサート」。「ジョイント・コンサート」といっても、例の、天満さんの演奏の前に私がちょっとだけ話をするというあの催しだ。
今回もおおいに盛会だった。もちろんすべては天満さんの人気あってのことだが、ランチのときに私が自分の本の売り場でサインをしていると
「先生、私、このあいだ無言館に行きましたよ」
と声をかけてきた中年女性がいた。
そして
「本館の『信濃デッサン館』も近いうちにオープンするんですってね。こんどはそっちにも

うかがいますね」

なんてうれしいことをいってくれる。

天満さんファンのその女性は、この会にくるまで私の美術館の名は知らなかったそうなのだが、私の話をきいて一度訪ねてみたくなったのだという。

ありがたい、これも天満さんあってのことと感謝しきり。

ホテルの玄関で天満さんと別れて、そのままバスで横浜駅へ出、そこから横浜線で三ツ境にお住まいの漆芸家村山太郎さんをお訪ねする。

村山太郎さんは村山槐多の弟桂次さんのご長男、つまり槐多の甥御さんにあたる方だが、私は三十数年前太郎さんから村山槐多のデッサン、水彩画を何点も無償で分けてもらい、それがきっかけで「信濃デッサン館」を建設する決心をかためたのだった。私にとって村山太郎さんは、「信濃デッサン館」の生みの親といってもいい存在であり、太郎さんがいなければ、太郎さんが村山槐多の絵を快く譲ってくれなければ、二十八年前上田に「信濃デッサン館」なんて誕生しなかったにちがいないのである。そして、当然ながら十一年前の「無言館」だってできなかったはずなのだ。

その太郎さんもまもなく八十歳になられるとのことだけれど、三ツ境駅の坂下の小さな平屋建てで一人暮らしする超質素な生活ぶりはまったく変わっていない。夏も冬も一枚のポロシャツで通し、ウズ高く積まれた本、あちこちに散らばっているご自分が制作した木の壺、皿、面、人形の数々、その奥に漆芸品をつくる作業机と薄い座ブトンが一つ置かれ、そこにも無数のうるしの小皿や、彫刻刀や、絵筆が散らばっている。とにかくそういう足の踏み場もない庵《いおり》のような家に籠って、ほとんど近所にも外出せず、作業机の前で一日じゅうコツコツと彫刻刀を動かし、うるし塗りと格闘されているのである。

私が「信濃デッサン館」を再開することにきめました、と報告すると

「へぇ、あんな厄介なモノ、まだ続けてゆくなんて、クボシマ君も物好きだねぇ」

太郎さんは大きな声でわらって

「だいたいあそこの土地で美術館をやるっていうことじたいがムリな話なんだよ。クボシマ君だって、もうそう若くはないんだから、そろそろ本気で撤退してもいいんじゃないかって考えていたんだけどねぇ」

そういった。

太郎さんは「信濃デッサン館」にほど近い小県郡神川村の出身で、神川小学校を出た人。戦時中には特攻隊要員として松山部隊に配属され、特攻機にのって待機していたとき、出陣直前に「終戦」になって危機一髪生還したという兵役体験の持ち主で、太郎さんはいつも口グセの

ように「戦争が終わってからの自分の生命はオマケのようなもの」とおっしゃる。一日一食ほんの少しのパンと飲み物ですごし、暖冷房もない薄暗い仕事場兼居間で、黙々と木をきざみうるしを塗って一人暮らししている求道者のような生活は、そうした戦時体験から得た太郎さんだけのもつ人生観というか、死生観があってのものなのだろう。

久しぶりに夕方近くまで太郎さんとおしゃべりして、ではそろそろと立ち上がろうとすると

「あ、そうそう」

と太郎さんはいって、奥の作業場のほうから槐多の「柏の木」というデッサンを出してきた。槐多が谷中の美術院時代に、恩師小杉未醒の家から上野の公園に通って、さかんに欅《けやき》や松の樹を描いていた頃描かれたと思われる絵で、太郎さんが「これだけは気に入っているからボクの手元に置いておくよ」といっていた作品である。

それを、「信濃デッサン館」に？　といった顔をすると

「再オープンのお祝いだよ。この絵はウチにあるよりもやっぱりクボシマ君のところにあったほうがいいだろうから」

太郎さんはいった。

さっきまで再開なんかしなくてもいいのに、といっていたクセに、と私は思った。

槐多の「柏の木」が入った紙袋をかかえて、ふたたび横浜ニューグランドホテルにもどってくると、もう約束の五時半を少しまわっていて、ロビーの椅子に朝日新聞のM女性記者が待ちかまえていた。

三度めを数える「家族」についてのインタヴューである。

この日は、天満さんと私のコンサートがホテルでひらかれるということを知って、M記者がここをインタヴュー場所に設定してくれたのだ。

「生みのお母さまのことについてなんですが……」

相変わらずM記者の質問はクールできびしかったが、私は一刻も早く「柏の木」を信州にもって帰りたい思いでいっぱいで、ほとんど記者とのやりとりはウワの空だった。

六月十一日（月）　双眼鏡のむこう

あまりいい趣味ではないかもしれぬが、「信濃デッサン館」の前庭から双眼鏡で「無言館」のある丘（山王山という）のほうをながめるのが好きである。

「信濃デッサン館」から塩田盆地にむかって少し右手、東のほうに五百メートルほど行ったところにある小さな丘陵の頂きに建つ「無言館」は、双眼鏡でみるとヨーロッパのどこか田舎にある教会か僧院でも思わせるようなふんいきだ。とくに緑がふかくなる今頃の季節になると、コンクリート打ち放しの薄鼠色の館の外壁が、淡い六月の信州の陽差しをあびてじつにしっとりとしたフォルムをみせる。

で、自分の美術館ながら、なかなかいい美術館だな、ここに年間十万人余の人々がやってくるのもムリはないな、などと自惚れながら、私は双眼鏡のレンズに眼を押しつける。レンズの照準をくるくると回し、「無言館」の姿が満足できる位置に定まると、ニタリとほくそえむ(少々不気味だが)。

また、たまに「無言館」へ行ったときには、いつもとは反対に「信濃デッサン館」のほうに双眼鏡をむける。

「無言館」の建つ山王山は、「信濃デッサン館」のある東前山の聚落よりはいくらか高い位置にあるので、こちらからみると館の茶色い三角屋根を少し見下ろすような格好になる。双眼鏡のレンズには、前山寺本堂のカヤブキ屋根、庫裏や客殿、鐘楼、三重塔、独鈷山の深い木立ちに抱かれた「信濃デッサン館」のオンボロ屋根が、いかにものどかな田園地帯のなかの美術館といったふうにうかびあがる。

ああ、こっちの美術館もいいいな。

双眼鏡を転じると、二つの美術館の眼下にひろがる塩田盆地はさらにうつくしい。

前にもいったように、最近はすぐ下のアゼ道沿いにちょいシャレの小住宅がズラリと建ちならび、少しむこうには隣町から引っ越してきたH電機会社のビルが白い建物肌を光らせるようになったが、それでも盆地の大半を占める黄色い田畑や、あちこちに点在する丸い溜め池、ときどきその真んなかをマッチ箱を二つ繋げたみたいな単線電車がはしるのをみていると、どこもかしこもが都市化の波に洗われる時代のなかで、まだまだここには「日本の風景」がのこっているな、と安堵したくなるような景観がひろがる。

ここいら一帯は「信州の学海」ともよばれていて、いわゆる信州教育のモトとなった寺子屋も多く、信州でも郷土史研究がとりわけ盛んだった地域である。重文に指定されている前山寺の三重塔をはじめ、塩田神社、生島足島神社、龍光院、常楽寺、大法寺、そして別所温泉郷の周辺に散らばる北向観音、安楽寺、その境内にそびえる国宝三重塔など、そのキラ星のごとき文化財群をみれば、ガイドブックに紹介される「信州の鎌倉」のキャッチフレーズがじつにピッタリしてくる。

しみじみと、ああ自分はいい土地にめぐり会えたな、とあらためて手を合わせたくなる景色なのである。

私は二つの美術館に双眼鏡をむけるたび、最初にこの塩田盆地を訪れたときに（「信濃デッサン館」開館時に）、自分が書いた未熟な一片の詩を思いうかべる。

山上の丘
やさし絵たちの肉叢に
頰うづめ　耳すませ
己が寂寥を語らぬか

かわける子らの水汲むように
野づらをはしる孤犬のように
かくもはげしき青春に
己が悔悟を語らぬか

ひとりあるきの某日
ここが家路だときめたのは
自らの嘘をさばく
一滴の生、一羽の鴉をみたからだ

いかにも才気ばしった大上段な言葉づかいの（当時私は三十六歳だった）、紹介するだに気恥ずかしい詩だけれども、私は私でこの詩が今でも好きである。

今の私にはない、あのときにだけ私の心底をゆさぶっていた生の胎動のようなものがあって身がひきしまるからである。

いいかえれば、今日こうして眼を押しつけている双眼鏡のむこうにある、二十八年間少しも変わることのなかったこの土地への愛憎、今も行きつもどりつしている愛憎の旅発ちは、あの日のことだったかとふりかえるからである。

六月二十一日（木）「眼のある風景」

六本木の俳優座劇場前で妻と待ち合わせ。

数日前から同劇場ではじまっている劇団文化座による芝居「眼のある風景　夢しぐれ東長崎バイフー寮」を観る。

芝居を観るのも久しぶりだし、妻と待ち合わせるのはもっと久しぶり。

また、自分が書いた戯曲の芝居を観るのも何年かぶりである。

じつはこの戯曲は、十年近く前に水曜座という小さな劇団によって上演されたことがあった。そのときは東京都内の小劇場で何公演か、そしてわが信州上田の市民会館でも一日だけ特別公演してもらったのだが、残念ながら無名作家と無名劇団のコンビだったので（それだけが原因ではなかったのかもしれないのだが）、これといった話題にのぼることもなくあえなく終演、ということになった。

だから、鈴木光枝、佐々木愛という当代一の名女優母娘がひきいる伝統ある劇団文化座が、創立六十五周年記念公演として私の本をふたたび取り上げてくれた今回の上演は、いわば私にとってはまたとないリベンジのチャンスになったというわけ。

しかも、この芝居は、題名に「眼のある風景」とある通り、すべての画家が「描く自由」を奪われつつあった戦時下に、同名の名作をのこして夭折した不世出の画家であり、私の「信濃デッサン館」「無言館」二つの美術館を象徴する画家でもある靉光（本名石村日郎）を主人公にした物語である。私としてはこれを機会に、美術ファン以外の人々にもぜひこの画家の存在を知ってもらいたい、この画家の作品や人生に興味をもってもらいたいという思いがつよかったのだった。

では、なぜ靉光は「信濃デッサン館」「無言館」二つの美術館を象徴する画家なのか。

かんたんにいえば、靉光は日本の近代美術史上に先駆的な足跡をのこした戦前を代表する画家であると同時に、三十八歳余で出征先の中国上海で戦病死したれっきとした「戦没画学徒」の一人でもあるからだ。「信濃デッサン館」の壁を飾るにふさわしい画力をもち、「無言館」の壁を飾るにじゅうぶん足りる戦争悲劇を体現した画家は、今のところこの靉光をおいて他にない。いいかえれば、靉光はわがコレクションにおいて、二つの美術館をかけもちできる唯一人の画家なのである。

　舞台は私の戯曲を原作本として、文化座おかかえの脚本家杉浦久幸さんが脚色、演出家西川信廣さんの名タクトによって小気味よく展開してゆくのだが、何といっても圧巻なのは、靉光たち貧乏絵描きが暮らす「池袋モンパルナス」のボロアパート「培風寮」に、特高警察がふみこんだとき、靉光がかれらにむかって叫ぶこんなセリフだ。

「わしらは政治のことなんか何も判らんのです。わしらはただ絵を描いていたいだけなんです。もし自由に好きな絵を描かせてもらえるのなら、わしらはお国のために何でも役に立つ人間になろうと思っています」

　この言葉には、あの頃時代の底辺で絵を描いていたあらゆる画家の総意がこめられているといっていいだろう。日和見といわれようと、非国民といわれようと、ただ無心に絵筆をとって画布にむかいつづける営みこそが、かれらにあたえられたたった一つの「生」の灯であったことが、この靉光の叫びからわかる。

そんな馨光に、「培風寮」のなかでは唯一音楽を志していた東京音楽学校の学生がこういう。

「馨光さん、アナタはそれでいいんです。間違ってはいない。そのままのアナタで絵を描いてゆけばいいんです」

これもまた、あの戦争下の若い画家たちの正しい立ち位置を正直に語った言葉だったのではなかろうか。

それと、私が個人的に印象にのこっているのは、馨光が戦死して何か月かがすぎた戦後、佐々木愛さん演じる詩人花岡謙二（「培風寮」の家主）の妻とり子が、「培風寮」を訪れてきた馨光の画友に次のようにつぶやくラストシーンだ。

「本当のことなんてわからない。ぜんぶ私たちが想像するしかないんだから」

すると、老画家も
「そう……想像するしか、ねぇ……」

とつぶやく。

これはこれで、芸術表現にかかわるすべての者が心にきざまなければならない箴言の一つだと思う。

馨光が戦死してすでに六十余年が経つ今、おこがましくも馨光の実像を舞台化しようなどという私たちの試みもまた、すべては「想像する」しかない立ち位置から出発するものなのだろうから。

楽屋で佐々木愛さんにご挨拶させていただいたあと、劇場のすぐ近くのそば屋に入って妻とそばを食う。妻と外でそばを食うなんて、これも何十年ぶりかのこと。

「芝居、どうだった？」

と私がきくと
妻はズルズルとそば汁をすすりながら
「愛さん、キレイね、いくつなのかしら」

ときく。

私がだまっていると
「あんた、また借金したの？」

ふいにそうきいてきた。

何日か前の新聞に「『信濃デッサン館』来月再オープン」という記事がのっていたのを読んだらしかった。

「いいや、寄附してくれた人がいたから」

私がくぐもった声を出すと

「無言館のほうも今何かやってるんでしょ。あんた死んだら、私、どうしようもないんだからね」

妻の言葉は研いだ槍のように胸にささった。

犬が心配だから、という妻とそば屋の前で別れて、私は地下鉄で東京駅に出て一人しょんぼり信州に帰った。

六月二十九日（金）　そして、あなたの旅へ

夕刻六時半から、上田市商工ホールで『鼎、槐多への旅』刊行記念パーティ」がひらかれる。

わたしはこれまであまり出版記念会というのをひらいたことがないのだが、八年前にやはり信濃毎日新聞社から「鼎と槐多」を出してもらったとき、同じこのホールで祝賀会をひらいてもらったことがある。

そのときもたくさんの人にあつまってもらったが、今回はそれ以上の人が見込まれているそうで、何しろ「信濃デッサン館」の古くからの応援部隊である市役所商工課の林和男さんや駅前の図書館「上田情報ライブラリー」館長の宮下明彦さん、警備保障会社常務の山口忠さん、それと今回は元市役所員のアマチュアカメラマン矢幡正夫さんが主役の本なので、パーティへ

の参加予定者には矢幡ファンがずいぶん多いという。

パーティ開催に当たっては、もちろん本を出してくれたシンマイ（地元では信濃毎日新聞はそうよばれている）出版部の山口恵子さん、斎藤隆さんたちのお力添えもあった。とくに山口さんは、何日も前から会場の手配や案内状の発送で走り回って下さっていて、とにかく今日のパーティが盛り上がって、それが少しでも本の売れゆきに繋がってくれれば、という思いが伝わってくる。


九十歳をこえてますます声に色ツヤが出てきた作家の小宮山量平先生、元郷土出版社の社長で現在は「一草舎」という出版社を興されている高橋将人さん、いつもわが館の援護射撃をして下さる市議会議長の土屋陽一議員、地元上田の老舗書店「平林堂」のオーナー平林茂樹さん、やはり地元で活動されている二紀会会員の画家米津福一さん、当地在住でＮＨＫ俳壇の選者である俳人矢島渚男さん、……何人かの来賓の祝辞が終わった頃から、私や矢幡さんのところに「おめでとう」と声をかけてくる人が多くなった。

「このたびは……」

頭を下げにきて下さるなかにはキレイな和服姿のご婦人もいる。

「また、近くまできたら寄って下さいよ」

顔はおぼえていないが、どこかのお店の女将さんだろうか。

私より矢幡さんのほうがモテモテで、新調の背広に紺色のネクタイでビシッときめた矢幡さんは、とてもついこのあいだまでヘルニアで寝込んでいたとは思えない元気さだ。さっきから「鼎、槐多への旅」の裏表紙にサインをもとめにくる人が列をつくっているのだが、意外にも（？）堂々と、筆ペンをはしらせてサインしている矢幡さんのスター写真家ぶりにはびっくりする。

もっとも、この日の「おめでとう」には何種類かの「おめでとう」があるようだ。

一つはまず、私たちの新刊書が出たことへの「おめでとう」で、ことに今回の本が処女出版である矢幡正夫さんへの「おめでとう」が圧倒的に多い。そして、もう一つは明後日にせまったあのことに対する「おめでとう」である。

「本があさってのスタートに間に合って、本当にホッとしているんですよ」

と山口恵子さん。

今回の「鼎、槐多への旅」のオビの文章も、山口さんが書いてくれたもので、なかなか評判がいい。青木和恵さんのレイアウトもしゃれていて、主タイトルの下に「私の信州上田紀行」という副題が入り、さらにその下に「そして、あなたの旅へ」というキャッチコピーが入っている。

山口さんのオビ文は、こんなふうだ。

——「上田」へのつきぬ思いを、命ほとばしる言葉と、詩情豊かな塩田平の美しい写真で綴る本書は、休館を経て再出発する「信濃デッサン館」への決意……。

読んでいると、もうこの本のベストセラーが約束されたような気分になってくる名文ではないか。

会が終わって外へ出ると、商工ホールに近い松尾町、海野町あたりの商店街はもうシャッターを下ろしてしんとしている。

最初はこれから何人かで袋町に繰り出そう、なんて息まいていたのだが、会場を出たときには十人近くいた集団が一人去り二人去りして、いつのまにか私は一人になって上田駅のほうにむかっていた。

駅前のタクシィ乗り場までやってきて、いつものように

「川むこうの信濃デッサン館まで」

と車に乗りこもうとしてハッと気がついた。

半月ほど前に美術館をひきはらって、この近くのアパートに引っ越してきたことをうっかり忘れていたのだ。

これまで「信濃デッサン館」にあった私の部屋は数日前すっかり取り壊され、リニューアル後はそこを事務所として使う予定になっている。もはやあの美術館に私の眠る場所はないのである。

私は乗りかけたタクシィの運転手さんに平身低頭して、駅から七、八百メートルしかない天神通りのアパートまで乗せてもらうことになった。

七月一日（日）　扉をあける

午前八時半に事務所（以前は私の書斎だった）に、館員七名が勢ぞろい。うち三名は、「信濃デッサン館」閉鎖中は「無言館」に派遣されていたスタッフだ。九時少し前に館員四名がいつものように「無言館」へ。のこったうちの若い女性館員二人が、「信濃デッサン館」の大扉のカンヌキをおもむろにひきぬく。外は再オープンの日にふさわしい快晴。

だが、この日も、日曜日だというのに館の周辺にはほとんど人影なし。

「無言館のほうはどうなんだろ」

受付にすわったK嬢にたずねると

「さっき電話があって、朝から超満員ですって」

とのこと。

私はつい最近新調したばかりの双眼鏡をアパートに置いてきたことを思い出して、チッと舌打ちする。

著者略歴

一九四一年東京生まれ。
印刷工、酒場経営などをへて一九六四年東京世田谷に小劇場の草分け「キッド・アイラック・アート・ホール」を設立。一九七九年長野県上田市に夭折画家の素描を展示する「信濃デッサン館」を創設、一九九七年隣接地に戦没画学生慰霊美術館「無言館」を開設。
著書に生父水上勉との再会を綴った「父への手紙」（筑摩書房）、「信濃デッサン館日記」I～IV（平凡社）、「漂泊・日系画家野田英夫の生涯」（新潮社）、「無言館ものがたり」（第46回産経児童出版文化賞受賞・講談社）、「鼎と槐多」（第14回地方出版文化功労賞受賞・信濃毎日新聞社）、「無言館ノオト」「石榴と銃」（集英社）「無言館への旅」「高間筆子幻景」（白水社）など多数。「無言館」の活動により第53回菊池寛賞を受賞。

無言館の坂を下って
信濃デッサン館再開日記

二〇〇八年一一月 五日 印刷
二〇〇八年一一月二〇日 発行

著者 © 窪《くぼ》島《しま》誠《せい》一《いち》郎《ろう》
発行者 川村雅之
印刷所 株式会社 理想社
発行所 株式会社 白水社

東京都千代田区神田小川町三の二四
電話 営業部〇三（三二九一）七八一一
編集部〇三（三二九一）七八二一
振替 〇〇一九〇―五―三三二二八
郵便番号 一〇一―〇〇五二
http://www.hakusuisha.co.jp
乱丁・落丁本は、送料小社負担にてお取り替えいたします。

松岳社（株）青木製本所

ISBN 978-4-560-03193-3

Printed in Japan